YOUTH als

青春图文馆

青春图文馆　表达无极限

Open

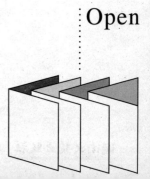

谨以此书献给我亲爱的妈妈

湖南文艺出版社
HUNAN LITERATURE AND ART PUBLISHING HOUSE

潘 萌⊙著

时光转角处
的
二十六瞥

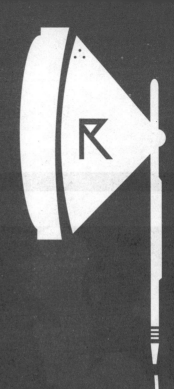

—A

面对面的关怀

突然间就怀念起一碗热腾腾的面条，

一碗温柔的潜伏在这个城市某处的面条，

它伸出小手在我的心尖上轻轻地捏了一把。

当我写完以下的字再回头来看的时候，我发誓，我本身并没有刻意让那个人作为全书的第一个角色，以A男子的身份出现在我和你们的眼前，然而却写成了这副模样。

A是一个26章节轮回的开始，那个人，也算是打开了我的一段新的旅途。

也许这些记忆只是火中取栗的把戏。

昨日如昙花，青春如流沙。

　　刚过去的那个夏天热得鬼哭狼嚎的。

　　二十四小时开着的笔记本上WORD闪烁着诡异的蓝光，上面除了一个大大的A字以外，什么都没有。

　　在家憋灵感的我闷了五天没敢出门，终于被空调吹出病来。面巾纸渐渐堆成小山丘，我异常柔弱地坐在马桶上面悲切地认为大概快要死在它上面了，唉。

　　突然间就怀念起一碗热腾腾的面条，一碗温柔地潜伏在这个城市某处的面条，它伸出小手在我的心尖上轻轻地捏了一把。于是愤然地从床上爬起，狠狠地擤了把鼻涕，也不管那依然闪烁的笔记本，套上件衣服蹬着凉拖就冲出了家门。一路飞奔就冲到了一座豪华大厦的旋转玻璃金色大门的门口。我对那个犹犹豫豫的门童报以回眸一阴森冷笑，心里盘算着，我怎

么就进不了你这五星级假日酒店啦？不就咱上套一黑色老头衫下穿一军绿短裤还蜡黄着一张糙脸么？有什么呀？咱立场坚定斗志强！

那家面馆在这大富大贵的假日酒店的二楼，黑色的原木装修，墙上挂数幅面条的黑白写意照片，方桌矮凳，丝竹悠扬的。精巧而不俗，质朴而不糙，实在招人喜欢。一进门就见五个彪形大汉围着桌子埋头苦吃，大汗淋漓的样子，食欲端的就起来了。手脚麻利地拣了张靠窗小桌，拉开方方笨笨的凳子乐不可支地坐下，扬手就要了一份肉末蘑菇青菜面，一小碗鱼片粥。豆豉汁蒸凤爪一直是我的心头好，今天我是病号，索性也叫了一盅。服务生轻声应答，微笑地摆上碗筷碟子，倒上茶，转身离开。我捧着热乎乎的茉莉香片心里赞叹，真是好地方啊，端盘子的也比别处秀气许多。

一碗小巧清爽的鱼片粥须臾间就赶到。用勺子轻轻舀上一勺送到嘴里，粥糯而不化，鱼片滑而不腥，还有些海苔丝在里面，香甜得很含蓄，哎呀呀，让我都吃得惆怅起来，雨打窗台湿绫绡。

面条和凤爪很是时候的摆到了我的面前。我吃东西讲究色香味而不像我老娘那般强调营养，一看到酱红的肉末蘑菇、碧绿的青菜、浅黄的手擀面、乳白的浓汤就按捺不住心头的喜悦。狠狠地舀了一大勺肉末蘑菇浇在面条上，然后开始唏溜唏溜地吃起面来。虽然隔了很长时间，这碗面还是这么合适我的胃。向来不喜欢那些精精细细冰冰冷冷的高贵菜肴，一点儿人情味也没有，还是汤面热情温柔且忠厚老实，平时我尚可虚情假意地与高贵的粤菜们为伍，真到生病落难的时候，还是这面条靠得住，所谓"患难见真情"，面的热气蒸在脸上，好象每个毛孔都打开了，舒服得要死，鼻子这下也不堵得天昏地暗了，该死的空调病像去了一大半。间歇时刻我抄起一只凤爪，豉汁已经入味了，整只爪子浑然天成酥软无比，入口却很

劲道。其实从初一开始我就怀疑"红酥手，黄腾酒"是陆游老人家就着鸡爪子喝老酒的时候写下的。

　　渐渐饱了起来，却也不急着走，慢悠悠地喝着茶，随手拨弄着剩下的几根面，突然就想，上一次在面馆里吃面条在什么地方？定定地望着碗里漂浮的青菜叶，哦，终于记起。

　　上海的沧浪亭面艺馆。

　　两个人在周围嘈杂的上海话中安静地分着一碗面条，浓郁的浇头，柔韧的面条，热乎乎的汤。

　　和那个人。

　　那个在所有女子惨绿青春里都曾出现过的人。

　　也不知是我先看上他，还是先看上爱情，总之，他就是这么顺理成章地出现了。他可能是隔壁班的男生或者高年级的学长，可能是一辆公车上的路友或者是青梅竹HORSE两小无GUESS，也可能是朋友的哥哥或者QQ上忙碌闪烁的头像。可是对于当时正在努力盛开的我们来说，那个人，就是爱情。

　　有人说，巨蟹座的女子总是成不了大事。因为她们总是被纷繁杂事牵绊，牵挂太多太多。如果她们爱一个人。就会给过多的付出，常常的结局是自己流泪。我就是典型的巨蟹女子，只想像只猫咪在毛线球边天荒地老，老鼠早已不那么重要。

　　还有人说，左撇子是偏执狂，对想要的东西，尤其是爱情，不到手不罢休，以她们发达的右脑和执着，是能成就大事业的。我也是天生的左撇

子，一直为我的骄傲所固执，不管不顾。

　　于是我这个巨蟹座的左撇子，在突然降临的那个人面前，一塌糊涂。

　　他的围巾上有着浅浅的范思哲蓝色牛仔香水的味道，他抽的第一根烟，是有粉红爱心过滤嘴的520，那淡淡的烟草味曾经充斥着我的整个钱包。他对待我周到而细致。比如因为我是左撇子，所以他会买把子在左边的马克杯，出去吃饭的时候把筷子放在我盘子的左边。比如在某个大雪夜里，放学很晚，他会背着我从灯光明亮的广场往回家的路上一步步地走，灯光下鹅毛般的雪花曾经不断地坠入到我的梦境里。比如从上海寄一卷卷的录音磁带来，里面有我们最喜欢的齐柏林飞船的《天堂之梯》和他低沉温和的声音，陪我过完整个平安夜。比如那些厚厚一叠的长途电话卡和更厚一叠的信。比如那些不能再比如的……

　　现在回忆起来，我们之间仿佛从来没有出现过爱你之类的承诺的话，也许情侣这样轻佻的称呼并不适合我们。但是那个人，却真的是让年轻的我，付出了从未有过的大海一般深厚湛蓝的感情。　生平第一次独自坐火车，像只风筝一样在充斥着民工的硬坐车厢里哆嗦了整整九个小时，异常勇敢地保护自己的钱包，然后在凌晨四点的火车站广场上打电话：来接我吧，我有点冷。半个小时后他出现在我的面前。看到他一步一步笃定地朝我走来，就觉得不累不冷不辛苦。

　　那个人就是有这样的本领，让躲在童话中酣睡的我们醒过来，变得振奋和勇敢，变得甜蜜和美好，然后再一头狠狠地撞在玻璃罩子上。

　　我想我是可以平静地回忆那个在劫难逃的日子的。

　　纪念日那么漂亮的橱窗外面，照出他们那么自然行走中的背影。我怎么看都觉得顺眼。不对，还有一点点的不好，那个人的右手，搂着她纤细的

右臂。哦，原来他还是习惯在右边的啊。我是怎么走到他们面前的，已经记不得了，只记得说了一句再见。然后笑着看那双熟悉的眼睛，长长久久，我看他最后一眼。

"我不懂，你为什么不给我机会解释？"那个人的眼里充满痛楚。

我还是摇头，"不要解释。我的感觉已经OVER了。你可以理解什么叫形同陌路么？那是我想要的结果。"

他抓住我的手臂，他叫我的名字，他说你别这样残忍。

然后他走了。

我闭上眼睛听他最后的脚步。那个时候我就告诉自己这都是要学会遗忘的。我的手臂上有淤血，是他第一次弄痛我了，可是我没有哭，因为我要那个人幸福。

从那以后，我经常到琴房去，整晚整晚地弹起《梦中的婚礼》，每每到高潮处就戛然而止。因为我没有后面的谱子。我没有。我弹不出我们的未来。

后来。当我说到后来这个词的时候，一般一桩事情就已经过眼云烟了。后来那一年的假期，我独自去了我们曾经约好过要去的秦淮河。很脏，很破，很呛俗。完全没有我想象中的烟波桨声……华灯初上的那一刻,我知道我的心里有东西轻轻地飘走了。

通透于斯。

梳娃娃头穿白色连衣裙的小女孩就这么一时间地长大了。

曾经在深夜里读童话《小王子》，当小王子离开时，我非常地为那只面带微笑的狐狸感到悲伤。为他仅仅获得了麦子的颜色而悲伤。可是现在突然明白，因为爱，所以让他离开。

我们总是在到达的同时离开。

那个人，那个长身而立、眼中波涛汹涌的人，那个把发抖的我一把塞进灰蓝色外套里的人，那个安静地和我分一碗面条的人，那个微笑着和我谈英格玛博格曼的人，最后还是离开了我，从我单薄的青春里恍然穿过。

而现在，我对他的记忆只是来源于一碗热汤面。他的面孔已然模糊，只是沧浪亭面条的浓郁偏甜的味道还时常温暖着我的胃。

原来曾经费劲心思想要冷却的东西真的就这么冷却凝结了，倒还不如一碗对面的面条的关怀。

所以回过神来，高喊一声：

"服务员！结帐吧。"

B

如果你说，非要给B下个定义，那么，他是看守着我世界尽头

的守门人，是我生活中所有关怀的底线。 垃圾堆上有风筝飞过

他从一开始就叫我宝贝．

我总是很想谈论这个不按常例出牌的人。却又总觉得语言很苍白无力。

　　自从我九月份来到了大学以后，生活上面一直不能适应，湘菜的辣，语言的不通，水土不服持续地生病，让我一时沮丧了起来。更重要的是寂寞。寝室里住九个女孩儿，八个是湖南本地的，又和我不是同一个专业，有的时候，独自一人站在食堂中央汹涌的人流里，会觉得突然周围的一切清寂了下来，觉得整个学校和城市在离我很远的地方，而我那曾经闪烁着金色光芒的理想更是在那隔过山越过海的遥远地方。当我的手指触到口袋里冰冷的手机键盘时，我想到我已经几天都没有张开嘴和人说过话了，我想到我必须要说话了。然后，我拨打了那个最熟悉的号码，几秒钟之后，听到了那个最遥远的声音：

　　BABY。

　　他从一开始就叫我宝贝。

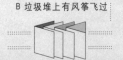

　　我总是很想谈论这个不按常例出牌的人。却又总觉得语言很苍白无力。

　　B大概是我的整个中学阶段和我说话最多的人，我们不是同一个班级，也不是同一个年级，但是高中的时候，我们总是不停地说话。

　　他是在我高一的刚开始突然杀入我的生活的。第一次相遇是在语文组的办公室里，我们被各自的语文老师共同训斥着，作文卷子上是鲜红的可怕分数。两位老师恶狠狠地说你们两个要是还继续拿考试作文玩世不恭，你们会在高考中死得很难看。我偷窥到B的考卷上是一首古体楚辞，字体偏颜字。但是后来，首先是B证实了老师的正确性。再后来，我也证实了。这是后话。

　　然后在放学的拥挤狭窄的学校门口，我看到B靠在一辆破旧自行车上冲我招手。残阳下他单刀入世的眼神，总让我想起末世的刀客。后来他说，他是故意的。他就是要认识我的。我问为什么，他说，他也不知道。

　　我们偶尔在出早操的人群中相遇，擦身经过时，我会扯扯他的衣袖他会敲敲我的头。或者是在学校栏杆外的小卖部摊子上，我拎着鸡蛋饼往外冲他吃着棒棒糖往里冲。B这个小子总是在大多数男生吃棒棒糖的年纪抽烟，在大多数男生抽烟的年纪吃棒棒糖。

　　于是慢慢熟悉起来。B笑称合肥一中才高十斗，你我各四点五斗，天下共分一斗。他说这话时的眼神不得不让我想起千年之前的一曲《广陵散》。

　　我们交谈。有的时候我们在学校门口相遇然后开始说话，一直走路一直说话，不停地买柠檬味的脉动滋润干燥的嘴唇和喉咙。我们十分迷恋这种

喋喋不休，就像两个话痨病人。也不知道到底有多少话要说，当我们听到"好吧，说点什么吧"这样的开头时，仿佛被上了发条一般小机器人，开始兴致勃勃地从清晨说到日暮。B说，我们都是言论自由最忠实的捍卫者，我们的口号是：爱扯谈，爱生活。

我们都是那种拥有充分的谈资的人。对于资讯从不挑食的吸收，就像两个小乞丐在黄昏时分碰头，把各自的收获摊开在垃圾场上彼此分享。

比如我高一的某一天，我说今天是柯本的忌日，于是我在书桌上刻下了他最后的那首"WHERE DID YOU SLEEP LAST NIGHT"，B就会打击我说我小样儿矫情，说涅磐更不是真摇滚而是服装秀。但是最后我们还是会溜掉晚上的数学补课，站在一家破旧的小酒吧的人群之后，一起怀念柯本小狗般浅浅蓝的眼睛。

比如高二的B说话喜欢颠三倒四。他说："色食性也,惜香怜玉。"我总是一边敲他的脑袋一边纠正他，然后他就又会固执说："什么是对的，什么是错的？语言这玩意是在不断发展的，现在大家都把'趋之若鹜'做褒义词，那么再过几百年的中国人可能永远都不知道这个词到底是什么意思了。"然后顺便说到他们班的语文老师声音十分的性冷淡，可我的小道消息是这个三十有几的女老师最近刚刚怀孕了。

天文地理，大象蚂蚁，四书五经，蜡笔小新。我们无所不谈，相言甚欢。说话和下棋一样，最好是有势均力敌的对手，才得快活。

有的时候B会放一些东西在学校传达室的老爷爷那里，然后自己再跑到门口的小黑板上写上我的名字。当我看到自己的名字就以为有信件到了，

B 垃圾堆上有风筝飞过

急忙跑进传达室里，然后就会看到乐呵呵掩不住笑意的老爷爷指指桌角那个不贴邮票的大信封。有的时候里面是张楚的CD、枕草子的绘图本、一包瑞士柠檬糖、或者一小幅速写。B说好的东西要和好的人分享。

我高一B高二的日子就是在我们的七扯八拉之中滑溜溜地钻过去了。那些日子，总是有风吹过我们干净的白衬衫。

等我到了高二的时候，高三的B正在经历一场绝望的爱情。我见过那个猫一般迷离的女子，B很酸溜溜的称之为萨莱。取自《圣经》中亚伯拉罕的原配，希伯来文的公主之意。不过当萨莱优雅地将烟雾喷在我脸上时，我承认我确实也被迷住了。那个女子眼睛十分美丽，很清晰，能看得清楚自己的未来，很深，一如她幽潭般的内心，明白什么是想要的，什么是有帮助的。

B说他很爱她。连什么整个世界在我面前我眼里只能看见她一个人这种肉麻的话也可以说得出来，我猜想B同志是真的掉到爱河里去了，可是，B是个不会游泳的人哎。

突然有一天B说结束了。我故意逗他，那现在你眼里看见什么了啊？他抱着膝盖轻轻地说现在我可以看见很多人，或者一个人都看不见。

尽管被萨莱不留面子地拒绝，那滋味B说简直就像是给一位花花公子下了前列腺癌的诊断书一样痛苦，B还是一路追随着萨莱往上海考的。结果最后分数出来是萨莱605分，B506分，而那一年的本科线是510。问题出在语文上，B的语文与估分之间足足少了40分，而他的作文估分正好就是40（高考作文满分为60）。这就意味着他的那篇高考作文可能是零分。真是不寒而栗。B的高考对于我，就是一只被推上前的拔光了毛的鸭子眼看着前一只鸭子下锅。满眼的刀光剑影，火光冲天。锅里的鸭子们一脸决然，对照着我

的错愕。

七月份我就开始补课，提前迎接高三的到来。这个时候B不得不到本地的一所技术学院就读，简称技院。我们依然在同一个城市，只是不同的角落里。

我的班主任老师在讲台上慷慨激昂，挥舞着粉笔问："告诉我，你们的一切为了什么？"底下的我们口径一致："高考！"这个时候我才和所有人的心跳频率相同，让我觉得放心和安全。所有人都在为将来打算。全部收起原先嬉笑怒骂的模样，卑微地跟着高考的锣鼓点子。下课时间教室里再没有鸡蛋饼的香味或者突然爆发的笑声。听课，做题，背书……瞧瞧人家尖子们都一股子往死里拼的认真劲儿，我等还不咬碎牙齿，忍死，死忍。某个好事者告诉我，到明年六月七日还有四十多个星期，把正和山顶洞人一块儿人工取火的我惊得一身冷汗。

书里酒醉的婴宝笑着对汉缇萦说，你以为我愿意么？如果生命处处璀璨，我也可以另做打算。

我刚行至高三，生命的璀璨与否还无从得之，只晓得高考是惟一的打算。而我的高三，B给了我很大很大的帮助。他是那样的人，很乐于和你共患难，却不想同你同享乐。

他说：宝贝，我不关心全人类，我只关心你。他说：宝贝，我愿看着你幸福，然后自己面朝大海，春暖花开。

我说：不要在我面前学海子，不然我咬你。

亲爱的B以各种方式帮我度过了高三。每个月我都可以收到那些从B的技

院寄来的厚厚的信，那些苔鲜绿或者玫瑰灰的滚金边纸上有许多跳动着的不按格子或信纸条纹写的字，给了我很大的安慰。有些是诉说他的大学新生活，有些是关于我们共同喜欢的电影和音乐，还有一些鼓励的话，他说放轻松，安静下来，好好学习，我在，我陪你。高三的每天晚上当我开始要做练习卷子的时候，会经常打开那些信，像翻书一般地翻着它们，看到它们的开头"你好吗？"再叠好放进一个大的盒子里。我不知道我好不好，有的时候我的心是满的，有的时候是空的。高三的太阳每天都是一样，刺得我眼睛很疼很疼。只是血脉里隐隐跳动着想要自由、想要出去看一看的血液，催促着我，写卷子写到天昏地暗日月无光。

当我做完一切，有时是一点，有时是两点半，躺在床上给B发一条短信汇报今天的学习任务结束，他会回话说宝贝晚安。这时我才能真的晚安。

而现在，当我真的成为一个住寝室的大学生时，我才发现要在熄了灯以后在周围人全都甜蜜地进入梦乡时，在黑暗中长久地保持着清醒是件多么困难的事情。而B就真的这样陪着我熬过了高三的每一个夜晚。

高三的时候几乎每周的一半的晚上我都是要在外面补习各种功课的。这些功课都是我上一界的学姐推荐给我的。而当我和十几二十个人挤在老师狭小的家里，把本子放在膝盖上记录老师在小白板上书写的题目时，那个学姐已经坦然地从高考中走过，在西南的那所美丽的学校里安静地做着自己喜欢的事情。我是那么想成为一个淡定但又对生活饱含感情的女子，可以不为虚度年华而悔恨，不因碌碌无为而羞耻。

如果补课，B一般都是来接我去吃饭，到了我上课的时间他就去淘碟子或者图书馆看书，等我放学了他再出现在学校门口和我一起坐公车回去，手里有时会带几块刚出炉的红豆糕，或者几支水笔的笔芯。破旧的公交车

在深夜的安静道路上也可以开得飞快起来，B站在我的左边一手拉着吊环一手摊在我面前，我便抽出荧光的紫色记号笔，在上面画画。有时是蝴蝶，有时是狐狸。然后B会低下头，仔细的闻着手心里的笔墨香味。B有严重的**鼻窦炎**，经常闻不到任何气味。小的时候从四楼摔下来，B的左耳中度失聪，再加上他从骨髓里热爱摇滚，经常听到耳朵里流出暗红的粘稠的血液。所以他一直站在我的左边。

他是这样生病的孩子，像害了伤寒的天空，黯黯的蓝。而我对于生病中的孩子，有种无端的感情。

我觉得只有B失聪的左耳才可以听到在我心底的那些没有说出口的话。

如果不是突然想去B的学校看一看，我会一直以为那个技院是在我回家所坐的三号线上，B也告诉我是在我家那站的后面几站。可当我打车去技院时，才发现司机是直奔着我家的相反方向。那么每天晚上，B是坐到了我家的下一站再转乘最后一班车回技院。

到了高三最后的几个月，我从学校里退了出来，泡在图书馆里背书，做做真题。B就坐在对面的桌子上，桌上摊着的是他那些永远不会及格的专业课书，统计或者是珠算。图书馆里的自习室空旷而安静，只有风扇吱吱呀呀地转悠。有的时候我从中国古代史中抬起头，正好遇到从统计理论中抬起头的B，就索性把书留在桌子上，跑到图书馆外碧绿的草坪上晒太阳。这些时候B会说一些以前的故事给我听。

说他半夜把床板拆了扛到楼顶的平台上等流星雨，在冻得发抖的同时看到满天的星星如同眼泪般飞速地划破天空；

B 垃圾堆上有风筝飞过

说他暑假里到附近的工地上做最低工资的搬运工，第一天早上在家喝完牛奶吃完鸡蛋面包后蹦蹦跳跳地来到工地，看到民工们从破烂的帐篷中走出来，手里只是捧着一碗自来水和半个干馒头；

说他经常用两块钱站台票混上不知开向何处的火车；

说他在外地时钱包被偷了只能到小酒店打工切半个月洋葱才能赚到回家的路费；

说他把自己卧室的天花板刷成了深蓝色，再在上面用荧光颜料画上小小的星星，这样每天晚上躺在床上就可以看到模拟的星空；

说他心爱的萨莱；

说他喜欢的维特根斯坦和讨厌的这个体液纵横文学时代，不是泪水就是精液；

……

一直说到太阳坠到很远很远的地方。

让我感动的精彩。我们共同热爱的东西，他可以身体力行，我却总是"虽不能至，心向往之"。在这个社会眼里的混子，老师眼里的坏学生，父母眼里的古怪孩子，同学眼里的可怜的残疾人面前，我时常觉得自惭形秽。B是我血液里野性和张狂的延伸，是这样的决绝和勇敢。

B就这样站在我的左边，陪伴着我。当所有的人都在奔向自己的目标时，他站在我身边和我一起歌唱。

我很感谢B做的这些所有，但是不会去问原因。因为我知道问了之后得到的答案也会和当初在那个放学的校门口B给出的回答一样。不过也就够了。叔父给我新出生的小弟弟起名为知其，也是因为知其然便够了，还要知其所以然的话，未免太累太辛苦。

一模。二模。三模。高考。估分。志愿。分数。录取。

一切很快尘埃落定。

过完了高考，我就长成了十八岁的模样。当我真正脱离了高中时代之后再转身来看，发觉处处都有B的影子。陪我说话，陪我吃东西，陪我看电影淘打口CD，陪我默默不语，陪我悲伤欢笑打闹哭泣。B一直陪在我的身边，就像一个小孩独自穿过黑暗无边的隧道时，身边响起一个温和的声音"我陪你"，于是就不觉得害怕和辛苦，心中股股温暖。

我们有一起吃苦的幸福。

后来，当我知道我没有被第一志愿录取的时候，第一个想到的不是对不起爸妈或者对不起自己，是对不起B。对不起，你来和我一起这样吃苦，我还是没有考好。对不起对不起对不起。我很难过。

也许，不是所有的树木都是可以成木材。

生命也本就是一个渐行渐远的过程。清晨日暮，只是一个转身。

风轻轻一吹，就把我从一个路口吹到了另一个路口。

在走往下一个路口之前，我去和B告别。我们沿着环城马路缓缓地走遍了整个城市，而明天，这个城就即将位于我的身后了。这一路我们没有说话。他依然走在左边，我在右边，B的右耳和我的左耳插着耳机，里面不停播放的是枪花的《DON'T CRY》，我们一路安静地走着。走过了我们放

学后不停说话的那条小路，走过了我们高三时一起背书的图书馆，走过了我们某天下午意外发现的一家卖荷叶炒饭的小店，走过了我们疯狂淘碟的那个小市场，走过了我们坐车的公共站牌，走过了所有沾过我们足迹的地方，走过了我们白衣飘飘的高中时代。

最后我们停在了离市区已经较远的广场里。有红色的巨大中国结式的雕塑和一排长长的喷泉。我们坐在大片的绿色草坪上，周围有相互追逐的顽皮少年和英俊的奔跑着的狗。头顶上有很多五颜六色的风筝，它们有的坠落在我们身旁，有的隐在了高高的云端。突然就想问B：你有自己的理想吗？那是什么？

许久之后他微笑着回答，我的终极理想是做一个沿街收捡垃圾的乞丐，把收到的垃圾堆成小小的山丘，然后站在垃圾堆上面放风筝。

然后我们一起看着天上的风筝很久很久。

华灯初上的那一刹那，我起身拍拍浅蓝色百摺裙上的草说我要走了，望着B的眼睛顿了顿，又说了一遍，我，要走了。B也跟着站了起来，长久地用一贯的目光看着我，很久。然后他在我正准备转身时抱住了我，很紧很紧像要把我勒进他的骨头里一般。轻轻抚了抚我的长发，仿佛一个世纪之后，松开我。而在此之前的三年里，我们是连手都没有拉过的。"你记

不记得电影当中，小女孩要放飞手中的鸽子时会先爱抚一下手里亲爱的即将长大去飞往远方的鸽子。我这样，是祝你好运的意思。"

我莞尔。

落日把我们的影子拖得很长很长。

这是在接通B的电话之前我们最后说的话。而现在的我已经失去了B的陪伴。当我听到那一声BABY时，忍不住开始抱怨所有的一切,啰嗦冗繁得让自己也惊讶。电话那头的他不发一言，在我停止了唠叨之后，他说："宝贝，你要记得，你高一那年我们在圣诞节那天坐在天桥上，望着底下的车水马龙一起喊出的那句话呢。"突然我觉得冰凉的手指温暖了起来，周围的一切寂静又恢复了生机。眼泪缓缓地从眼眶中坠出。原米，原米B一直陪在我的身边。

　　如果你说，非要给B下个定义，那么，他是看守着我世界尽头的守门人，是我生活中所有关怀的底线。

　　广播里响起了黄磊清澈干净的声音，

　　"其实很习惯，在风里向南方眺望，

　　隔过山越过海是否有你忧伤等待的眼光？

　　有一点点难过自己不告而别的逃，

　　但往事如昨我怎么能忘的了……"

　　我低下头来，如昨的往事帧帧地回放在我眼前，我看到B的垃圾堆上高高飘荡的洁白的美丽风筝，我听到那句在大雪中被年青真诚的我们冲着繁华喧闹的城市用力喊出的话：

　　"无论何时，无论何地，我们都将以最大的热情去拥抱生活。"

C

臭小子

看到字母C，便突然想起了高中时代坐
在我后面的那个臭小子，那个上课总
是驼着背趴着睡觉，把身子窝成了一
个大大的C形的小土匪。也想起来了，
那些厮打吵闹的快乐时光以及最后从
日子中剥开来抽出的一丝丝的忧伤。

看到字母C，便突然想起了高中时代坐在我后面的那个臭小子，那个上课总是驼着背趴着睡觉，把身子窝成了一个大大的C形的小土匪。

也想起来了，那些厮打吵闹的快乐时光以及最后从日子中剥开来抽出的一丝丝的忧伤。

高中时代，我们班里有个民间的神秘传说：男女不得坐前后。

传说不论是男生坐在女生前面，还是女生坐在男生前面，都会在此神秘的传说诅咒下日久生情既而产生不一般的关系。所以在高二班级座位大调整之后，我那美丽可人的女朋友莎莎便趴在我耳边女巫般地低语："男女不得坐前后，你小心哦。"当然，她是此传说的受益者，上课时一回头，就找到了她心中最爱的那个小恋人。从此相亲相爱不离不弃，彻底在买早饭啊上学放学一起走啊下楼做操啊等细节问题上抛弃了我。讨厌。

于是推开耳边的她，转过身去拽得要死地坐在自己的桌子上，把脚翘在后座的桌子上，翻着白眼嚼着香口胶，"喂，臭小子。"却发现后座上一人巍然卧成一只蜗牛的形状，完全无视我的存在。

这个臭小子长得虎头虎脑，说话愣头愣脑的可是心里明镜似的聪明，颇

有点匪气。偏偏我也是在这一号山头上称王称霸的，所谓两虎相争必有一伤，所以自打臭小子落座本小姐后面，日子开始不得安宁也。

交锋从调座位之后的第一个早晨开始。

政治课上我因为没有带书而只能面对着讲台上口若悬河的辣妹政治老师发呆。突然我的白日梦游被打断了：

"喂，你的辫子，刷到我了。"后座的臭小子从睡梦中睁开眼睛敲了敲我的背。

我用力地甩了甩脑后的马尾巴，"那又如何？"

"影响我睡觉。"

我回过头，从书包里掏出一个塑料袋甩到后面桌子上："把脸罩住。"

啪的一声一把剪刀丢到了我桌子上："把辫子剪掉。"

两个人几乎是同时站起来怒目而视，还未拉开架势就被穿着皮短裙的政治老师喝住："反了你们，出去站着去！"

当我醒悟过来还在上课时，老师已经不愿听我解释，只好在众人诧异的目光下站到了走廊上，罚站。形象全毁，这全都拜坐我后面的臭小子所赐，气死我了。

"喂，臭小子，看什么看！"横了旁边眼里笑意暧昧不明的他一眼，索性上楼去了。我们高中号称全省最优秀的学校，其教学楼盖得极豪华无比，两边有直升的学生电梯，卫生间也是洗手液擦手纸巾一一俱全，就是外观上像一个巨大的WC。这个超级WC的顶楼有一片开阔的天台，我没事的时候就喜欢翻上去休息。有的时候是和莎莎她们一起买了早饭带上去吃，有的时候是躲在上面逃体育课800米长跑的考试，更多时候是一个人躺在上面看大朵大朵的云彩如容颜般地从这个城市上空掠过。

　　后来的日子里那个臭小子几乎天生是和本小姐作对的，分组的诗词讲解，我要是号召本组讲一套纳兰词，他就非要朗诵"八千里路云和月"。班里班服民主化，我要是提议班服做成英伦格子制服，他就肯定在捣鼓男生一起穿中山装做班服。诸如此类，不胜枚举。大体上就是：他讽刺我小资孜孜孜孜，我训斥他小农脓脓脓脓。每三节课就会为我的马尾巴和他的脸小吵一架，每三天就会为新出现的大问题大吵一架，吵架的收式他总是闭着眼装睡着，而我总是咬牙切齿地一字一句：臭！小！子！

　　男女不得坐前后，我看男女真的不得坐前后，天天气得我腰子都疼，我怀疑我手掌上又清晰又细长的生命线是否会受到那个臭小子的影响而缩短。

　　"哼！臭小子。"

　　就像你刚洗了车子天空就下雨、刚换了新衣服就撞衫一样，事情往往总是不偏不移地发生出你最不想遇到的那一种，所以每当老师进行座位调整时我满心的期盼总是被狠狠地砸在地上，我和臭小子的前后位置居然在老师千变万化的调换位子中稳若磐石，就这样坚忍不拔地一直坐了两年。　在这两年当中，我训练了自己超强的作战能力，收集了详尽的对敌斗争经验。

　　其实斗争的最本质的还是看谁先激怒谁。当然，在斗争的初级阶段，因为我是女性，这一生物体的特征决定了我是比较容易被激怒的。所以每当

我像刺猬一样"刷"的亮出浑身的刺拍着后面的课桌准备暴走的时候，就会发现座位上的臭小子脸上显现出了一种欣慰的笑容，仿佛获得了莫大的快感。这点让我在暴走的时候十分不爽，有后悔上当的感觉。但是随着时间的推移，当本小姐逐渐体会到"忍"字的真谛的时候就是到了防守反击的时候，而我采取的措施概括来说就是"冷艳"他。

何为"冷艳"？就是指微笑着完全无视那个混蛋的存在。比如要下去买零食的时候帮周围每一个同学带一份而偏偏不带给他，比如不回答他的任何问题，比如他越来激我我越笑得灿烂，比如到每个同学位置上去收作业本就是不收他的，等等等等。这个看似和平共处风平浪静的阶段其实最是暗藏杀机斗智斗勇的。臭小子仿佛每一拳都打在棉花上一样索然无味，终于有一天我回头发现他安静地趴在桌子上，眼里有了我在天台上看到的夕阳一般落寞的神情。突然我意识到自己是不是过分了那么一点点。毕竟，再怎么说也都是人民内部矛盾嘛。

因为当阶级矛盾降临时，人民内部矛盾就可以暂时先忽略不计的。比如在我趴在桌子上昏睡的时候突然被老师点名要求回答问题而我不知道是哪一道题目甚至不知道是哪一门课的题目的时候，就只有依靠四面八方人民的帮助才能度过难关了。所以当高三如洪水猛兽一般汹涌着咆哮着冲到我们面前时，由于地理位置的战略重要性，我和臭小子不得不在隔三岔五的小考小测中结成战时友好同盟关系。考试高于一切，这对我等学生来说是不成文的规定。

一般来说，到考历史的时候我都会主动示好，咧着嘴假笑："嘻嘻，臭

小子。"据我观察,他在历史课上睡得最放肆,说明肯定有相关技艺傍身。果不其然,不管老师报出什么历史事件他都能在半梦半醒中说出它的发生时间,精确到月。据说他从小就是在史书里长大的,吃饭的时候看《左传》,上厕所的时候看《史记》,失眠的时候看《吕氏春秋》,所以培养了优良的历史感觉,不用看书也能直接从元谋人侃到改革开放。

但是到英语语法周的时候,我就可以心安理得地享受臭小子每天上贡的一个红苹果,那段日子我的每周一歌也改成了AQUA的AN APPLE A DAY。我是一个懒人,一般一段时间之内只能喜欢听一首歌,看一场电影或者爱一个人,多了的话会把我脑袋弄成糨糊。但是再糨糊也糨糊不过那个臭小子的英语语法脑袋。所以他只有牺牲一个苹果来避免让卷子上的分数染成苹果的颜色。

啊呜,苹果真是好吃的东西。

高三的生活就在我们的斗争与合作中穿插而过,而我终于也到了可以和那个臭小子彻底决一胜负的时候了。高考前最后一天他又像第一次坐到我后面时的那个早晨一样敲了敲我的背,

我正处于浮躁的时候如同往常一样猛的一甩辫子,"干嘛?"

他没有说话只是定定地看着我好久好久,眼神如同刚出世的小狗让我突然觉得又平静又忧伤。

"喂,好好考。"

我觉得臭小子的声音从来没有这么温柔过。

在他递给我苹果的时候没有,在他意外地在学校门口遇到他外婆而他外婆正好又有八百块钱而正巧我又忘带了学费的时候没有,在大冬天里他家正好种了我最爱吃的莲子的时候没有,在他终于把我激得准备发火的时候

胜利般地露着小虎牙微笑的时候没有，在他每天放学前跟我啰嗦一遍明天要交的作业和上的课的时候没有，还有还有……

"你要死啊？"莎莎用手在我的眼前使劲地晃啊晃啊，可我脑袋里还在拼命地想啊想啊。

"好了，别晃了，蝴蝶皱都出来了。"我木然地指指莎莎的手臂。她迅速尖叫着跳开了一步。

"喂，"我拉着她狐疑地问，"你觉得那个臭小子今天有没有什么和以前不一样？"

"什么不一样啊，还不都是那个样子嘛。走啦走啦，后天就考试了呢。"

"咦？臭小子。"

我就这样带着满腔疑惑离开了我的高中时代。

并且从此以后再也没有见到过他。

大学的课程安排得比较稀松，有的时候就卧在寝室里和莎莎打打电话共同怀念以前的美丽时光，听她说，那个臭小子考进了我第一志愿的那所学校。唉，也难怪，现在回想起来臭小子其实聪明得很，不像我别的都行，这一次考试不行就什么都算扯谈了。没有锦，添个什么劲的花呢。

"十·一"过后，我回寝室里的时候大家已经早就到了，一起笑眯眯地看着我，我不明就里地愣了三秒钟之后突然看到我的桌子上醒目地放着一

个大大的红苹果，苹果下面压了一个信封。

我迅速拆开信封看到了这些熟悉的字迹。

"我实在不放心你，傻丫头。

（靠，我就知道，我就知道是他，还这样叫我，都叫两年了不嫌烦啊，不过他不是在上海上学吗？）

"……没有你在我前面神气活现地甩马尾巴，生活实在过得了无生趣。没有我天天给你带苹果吃你肯定嘴角又会上火吧？没有我天天'压制'你一下你肯定又会逞强吧？早就告诉你了'木秀于林，风必摧之'，也不知道你听进去了没有。真是让人不放心……

"……你不要怪莎莎，是我用巧克力威逼利诱她把你的所有志愿告诉我的……

（靠，怪不得那一阵子莎莎天天谄媚地笑得和巧克力一样。）

"……我为了偷懒不想费脑子在狗屁报考志愿上就按你的表格抄了一份。结果我也不知道怎么回事，我居然上一志愿，你掉到二志愿去了。大概老天在玩我吧……

"……我现在上的这个学校还可以，既然是你的第一志愿嘛肯定有什么地方是你很喜欢的，所以我正在积极寻找中。但是我总觉得少了什么重要的东西过得很不开心。我知道你这个傻丫头最会情绪化和脆弱的了，肯定天天在寝室睡觉不想上课，肯定一天到晚怀念过去不肯往前走，肯定不可能像以前一样一逗就生气了，那个时候你多可爱啊……

"……所以我决定过来看看环境，不然实在是不放心。结果看了以后……唉，像你这样娇生惯养的傻乎乎的，怎么能住得习惯，又不会迅速地适应环境跟别人竞争，果不其然吧？我一进来指着位置最差最破的一个

C 臭小子

床铺一问，果然就是你这个傻丫头的。你神经衰弱又怕冷怎么能睡在这风口上，又离门最近的位置上呢？懒得骂你了我都快气吐血了。你你你你自己看怎搞？……

"傻丫头，我要走了，火车票上规定的时间快到了。这几天天变得厉害，就连我这么强悍的人连续睡几个晚上候车室都有点扛不住了，晕乎乎的。告诉你，千万不许把我来过的事情告诉任何人，莎莎也不行！不然让他们那帮混蛋知道我干过这么丢脸的事情我就把你的辫子剪下来！

"算了，是吓你的，你给我剪我还不舍得呢，你扎马尾巴的时候最好看。拜拜，留个苹果给你吃。以后要记得天天自己给自己买着吃。"

我站在走廊上瞪大眼睛把纸上的字颠过来倒过去地看了三四遍，越看胸口越闷得慌。我突然想到只有他经常哼的那首歌中间的几句歌词能解释我现在的情绪，那好像是：

"因为日子还要一天一天过，

我们还要相依为命的争斗，

因为日子还要一天一天过，

我们还要相依为命的奚落。"

啪嗒、啪嗒……手里的信纸被打湿了。

"喂，"我哽咽着在心里默默念叨，"臭，小，子。"

我只愿，

面朝大海，

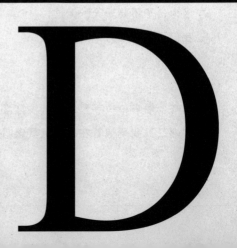

春暖花开

想起来的海子以及那些男人的死

我只愿，

面朝大海，

春暖花开

DIE。

偶然间就想起了海子。

海子也是安庆怀宁人。小的时候回老家是听人说起过的，只是现在有些记忆不清了。

上学上到高二，翻遍语文课本，无意遇到了一首深得我意的短诗——《面朝大海，春暖花开》：

　　　　"从明天起，做一个幸福的人

　　　　喂马，劈柴，周游世界

　　　　从明天起，关心粮食和蔬菜

　　　　我有一所房子，面朝大海，春暖花开

从明天起，和每一个亲人通信

告诉他们我的幸福

那幸福的闪电告诉我的

我将告诉每一个人

给每一条河每一座山

取一个温暖的名字

陌生人，我也为你祝福

愿你有一个灿烂的前程

愿你有情人终成眷属

愿你在尘世获得幸福

我只愿，面朝大海，春暖花开"

这是海子死前两个月写的，如此明媚的诗句，仿佛一株暗地里生长的植物在濒临颓败前奋力开出的绚丽花朵。让我在春暖花开中有些犹豫，恍惚听到来自山海关的那凄厉凛冽的汽笛声。

但是心里一直没理由的相信，他是一个温软真纯的人。

记得有一年的春节，随父亲回到怀宁高河的一个表亲家。去的路上，是满目的收割完的稻田，有欢快的农村孩子在稻田上放鞭炮，蹦蹦跳跳的单纯快乐，让我的脚步也轻松了许多。池塘边大片大片的芦苇在冬风里破败开来，池塘边坐着一个农妇。父亲拉着我走过去问好，她转过身来，用宽大粗糙的手摩挲着我的头发，"这是八九年回来过的那个两岁女伢子么？都这么大了哦。孩子长得都快，海生以前就不愿吃饭，小骨架瘦的……"农妇的声音慢慢低了下去，我感到她的手一空，转身走了，却一直喃喃不

已。父亲说这就是查妈妈，海生的母亲。也许自从海子走了以后，她就丢失了原本贫乏的欢乐。

她已经不能够喜悦了。

那个晚上，我和父亲聊了一宿，全是关于海子的。父亲缓缓的语句，给我凑出了海子的点滴。那是一个奋斗着的单纯青年，那是一个沉默的麦田守望者。我想，海子应该是瘦弱的，并不很高，有些落腮胡，带黑色的框架眼镜。也许眼镜腿会绑着白色胶布，那是和孩童们一起摸鱼是不小心弄坏的吧。

海子，这样写出我明眸皓齿后伤口的人。

父亲诉说了一个十几年前的有着同样月亮的夜晚。八九年的春节。那是我第一次回到故乡，只是个没有意识的两岁婴儿。一到了夜晚，我就哭闹得厉害，全家人哄都不行。正巧海子一家到石牌镇上串亲戚，也住在我爷爷家的那个院子里。半夜，我的哭声又清脆地响起，父亲努力地回忆着，他说是海子从他手中将我接了过来。然后在院子里的合欢树下来回踱着步。我居然香甜地睡着了。父亲至今也很奇怪，为什么我会信任地在一个从未谋面的陌生人怀里安然入睡？

我想，那是因为海子有着一双清澈如婴儿的眼眸吧，让年幼的我放松安心。海子，那个你走前轻抱过的婴儿已经长大。心里莫名的信任找到了理由。

于是开始读海子的诗，读他意识里的永恒，读他热爱着的麦田，读他的热情，读他的忧伤。那些一句句，云飞雪落的话，我一直记得。

因为神经衰弱，夜里我总是睡得不深。好几次被噩梦惊醒时，眼前总会出现十多年冬夜的画面：月光漫撒的合欢树下，微笑的海子怀抱着婴儿悠

D 想起来的海子以
   及那些男人的死

悠蹀步。然后所有的声音消失，画面慢慢地淡去。顿时心里就平静了下来，可以安然地合眼。

　　于是莞尔。海子，十几年前的你温和地安抚了我无知的浮躁，而今，你仍然怜悯着我慌张的灵魂。

　　网上有言论说，海子的山海关之死，其实是提早的预言到了同年的六月。有些牵强附会的意味。在我看来，他的死亡本身就是其诗性的一次绽放，一次成就，山海关的一跃，本身就是诗歌。

　　我的朋友B就对海子的死亡赞不绝口，更让他赞不绝口的是另一个男人的死，海明威大叔。B说他们死得很男人。

　　1961年7月2日的静朗清晨，我们敬爱的海明威大叔身穿睡裤，浴衣，进入地下室。他拿出了枪和一盒子弹，然后，到了门厅。他把两发子弹装进了那枝猎枪，慢慢张开嘴巴，把枪头塞进去，轻轻扣动了扳机……

　　砰。

　　我对着镜子模拟着同样的姿势，然后觉得毛骨悚然。

　　他不仅打飞了自己大半个天灵盖，而且把整个美国、甚至全世界都给打懵了。西班牙的一位伟大的斗牛士听到了这个消息之后，只是缓缓而清晰地吐出三个字："干得好。"我想这大概是战士们之间的敬意。

　　接着全世界热爱他的人都开始猜测他的死因，最终确立的人人都能接受的两个自杀原因是：海明威不堪忍受肉体上精神上的痛苦和创作力的衰

竭。我向来是讨厌这样正儿八经、完美式的答案，不过当时我还没出生，没有发言权。

然后41年过去。

2002年1月13日，海明威短篇小说《老人与海》中的主人公桑提亚哥的原型——富恩特斯去世，享年104岁。第二天，世界上有27家网站出现了这么一张有意思的问卷。

有一个人，他几乎什么都有。论地位，他是享誉世界的大师级人物；论荣誉，他是诺贝尔奖获得者；论金钱，他的版税在他成名之前就已使他成为富翁；论爱情，几乎每一个女人都喜欢他，都愿意给他奉献一切；在他的国家里他享有充分的自由，他爱到哪儿旅游就到哪儿旅游，哪怕是敌对的国家。总之，他是一个令世人非常羡慕的人，可是，在他获奖后不久，却用猎枪结束了自己的62岁的生命。而他的一位朋友——一个靠出海打鱼为生的渔夫却悠然地颐养天年，请问为什么一个拥有一切的人选择了死亡，而一个一无所有的人选择了活着？假如你已经知道了答案，请发给我们，我们愿把它刻在这位诺贝尔奖获得者的墓碑上，因为他的墓碑至今还空着。

后来，那位渔夫的儿子在此期间公布了一封信，据说是海明威去世前一天写给他父亲的，并交待让他帮着刻在墓碑上。信上这么写的："人生最大的满足不是对自己地位、收入、爱情、婚姻、家庭生活的满足，而是对自己的满足。"

这么说来，海明威的死，其实是对自己生的满足。我想，当他觉得自己不再是海明威那条汉子的时候，他就想到了死，当他担心自己被打败的时候，他就想到了死——在他尚能站着死的时候，他选择了最酷的方式。

D 想起来的海子以
及那些男人的死

有这么多的人歌颂死亡。

海明威大叔在30年代，他的一篇小传里提到："自杀，就像运动一样，是对紧张而艰苦的写作生活的一种逃避。"他觉得这玩意儿能够一了百了地解决所有心理、道德、医学以及经济上的任何难题，是"那种建造精美，能够治疗失眠，消除悔恨，医治癌症，避免破产，且只需指尖轻轻一按就能从无法忍受的境地炸出一条出路的工具。"

尼采说："要适时而死，死在幸福之颠峰者最为光荣。"

古贺春江的口头禅也是"再没有比死更高的艺术了。死就是生。"

这又想到了对古贺的口头禅极为赞赏的一个自杀者，那个只歌唱日本之悲与日本之美的瘦小的老人。川端康成。

很小的时候看的电影版《伊豆的舞女》，看到结尾时，踏着木屐的小小舞女总算在开船前赶到，站在岸上咬着嘴唇拼命地挥舞着手里的白手绢儿，船上的少年也不停

地挥手，然后船开了，岸越来越远，终于在一个转角处，那白色的星点看不见了，消失了。不懂事的我也就这样被川端康成纤细敏锐的伤感打动了，撅着小嘴掉下眼泪来。

再后来逐渐看了《雪国》《古都》等作品，觉得文字安静而不热闹，叙述方式也是清秀舒服的。川端信仰佛教，喜欢书法，可内心中仍是孤独脆弱，矛盾自闭的。这也许和他悲伤的幼年有关系。川端年幼双亲皆丧，跟着古板的爷爷奶奶生活，我想我永远无法体会年幼的川端在接到姐姐的死讯后，把信读给盲了的爷爷听，由于写信人的字迹潦草，十一岁的孩子认不全，只能在爷爷的手掌上把字描画出来，这甚是凄惨的感觉。后来惟一的身边亲人，川端的爷爷也在他十六岁的时节去世了。这种悲凉的孤儿之痛，始终在其笔下隐隐显现。

最后他也自杀了。他说自杀而无遗书是最好不过了。无言的死，就是无限的活。

这些有着杰出文字的男人，这些自己走向了死亡的男人。

而我，只不过是平凡烟火里的一个小女子，不敢也不需要乞求上苍让我无限的活，遇到激烈的时刻，有时也会偷懒地想，啊，可不可以不要坚强勇敢呢。中国是有古语的，人固有一死，或重于泰山，或轻于鸿毛。世代的中国人都仰慕和追求泰山般的死亡。可我，却想要如鸿毛般轻盈美丽地死去。如果可以选择的话。

　　那么不妨在某一个阳光温柔的午后，老得豆腐也嚼不动的我躺在摇椅上晃荡。虽然是老，可也要是美丽的。不过到了一个年龄，对美丽的要求也不相同，这时候美丽的我也许不过只是头发面容不乱，着装干净整齐的吧。脚边匍匐着我的爱猫，唱片里悠悠在放点什么，随便什么，只要是软的，轻的，然后摇椅晃着，晃着，就在某一秒钟不再晃了。

　　宛若鸿毛一般被风吹远，不要惊动了那些忙碌着的我爱的和爱我的人们，就这么吹远了，吹远了，直到远出所有人的记忆，世上再不提及我。便是最好。

　　我愿我死，如鸿毛般美丽。

E

五天里的交换日记

旅行结束，一切也没有了。

但是直到现在，我一闭上眼睛仍能想起落地的玻璃窗外面美丽的维多利亚港和

异乡满城的繁华，而我的面前只有一个受伤的小孩。

我喜欢发"E"这个音。当我每次念它的时候可以感觉到自己的肺内的气息均匀绵长

地轻轻从口中吐出，一直伸到遥远的地方。

是到了写"E"的时候了吗？我再次轻轻地从口中发出这个悠长的音……

我忽然就想到了异乡这个词。想到了那个在异乡和我有五天缘份的小孩。还有那本只

写了五天的交换日记。

时间：去年暑假。

地点：HK。

人物：我。小孩。

　　在中学时代里，每个假期我都喜欢分一部分时间给旅游，出去看得多一点觉得心也填得满了一些。每一块异乡的土地都以不同的温度熨烫我的脚掌。

　　他只是同一个旅行团里的小孩。去遥远的繁华之地，基本上都是携家带口的，可是只有这个小孩是孤单的。看上去也很平常的男孩子，和气乖巧，会懂事的叫阿姨、姐姐，会排队，会照顾团里的老人。于是大家都很乐于帮助和接纳这个孤单的小男孩。所以在行车过程中当我靠在车窗旁边无聊地在笔记本上涂涂画画时，车窗玻璃上反射出他好看的笑容和洁白的牙齿，趴在我的椅子背上的小孩说："姐姐我们来做旅行交换日记好不

好？"我就点点头答应了他。

我们用一个普通的笔记本，分别用蓝笔和红笔做上HIS和HER的记号，然后就开始啦。可是在开始的时候我并没有意料到会是这样。

第一天。

HER：我翻看手里的《城市画报》，这实在是本太小资的杂志，正好这期是关于香港所有声色犬马的介绍，有了它倒也方面了许多。杂志上艳丽妖媚的城市在我抬眼间真实地显现。活色生香，余音绕梁。

我们落宿在维多利亚湾旁边的一家旅馆，房间四周整面都是玻璃墙，一拉开窗帘便能看到来往的货船洒满水面，汽笛昂扬。

来香港自然是要SHOPPING、SHOPPING、SHOPPING！大队伍第一站就到了一家珠宝店。虽然只一层，不过面积很大，满屋的金银财宝晃得我眼有些疼，不过不得不承认它们确实很能刺激起女人购买的欲望。我蹲在一面柜台前盯着一只珍珠戒指看。一直都很喜欢珍珠这种温润不张扬的首饰，却默不作声地显出身份和气质来。不过，真的很贵。

回头看到那个小孩正在结帐，买了不少说是回去送同学。天，这是哪里的阔少爷。单是从外表可真是看不出来，虽然认得他那一身都是考究的品牌，但一点都没有散发富贵之气，倒是令我小小惊诧。

HIS：终于到香港了吗？妈妈又一次放了我鸽子，我又一次一个人旅行了。不过还好，认识了一个长头发的小姐姐。妈妈你们放心，导游把我们

安排在离维多利亚湾最近的酒店里。我站在房间里就能看到湾里来来往往的大船，它们变得好小，就和我们家池塘里洒的玩具一样的。

果然每次旅游都是首先要买东西。我对珠宝这些东西不感兴趣，它们多少钱对我来说没有任何意义。但是，还是带一些好了，带回去给那些同学。我发现我每次带礼物给他们的时候他们都会对我笑得好看一点露出的牙齿多一点。那个时候我就觉得自己不是特别的孤单了。我看到那个小姐姐蹲着看一只戒指看了很久，我好想把它买下来给她，但是突然害怕了起来，我想，大概她和那些同学不一样。

第二天。

HER：今天天气很好。

我的老天，听团里的婆婆妈妈们议论，原来小孩是全国百强家族企业的独子。他大概是我长这么大遇到的最富有的一个小孩吧。不过富有归富有，我翻开来他要我帮忙保管的护照，上面的小男孩只是带着普通的微笑，略显寂寥。

HIS：哦，果然我说出我是哪一家的孩子就立刻得到了特别的照顾。导游阿姨的笑就让我很熟悉，那种冰冷的熟悉。可是那个小姐姐，虽然她愣了一下，但是随后她笑着摸摸我的头的样子让我觉得温暖，是那种，那种温暖的陌生。我忽然很想把护照交给她替我保管。虽然我从很小很小的时候就开始自己保管重要的东西。妈妈总是说，"宝宝，保管好银行卡哦，

记住保险箱的密码哦。千万要自己保管，不可以相信任何人，他们只是想要钱。"

但是当小姐姐没有犹豫地接过我的护照和她的一起放进包包最里面的口袋里的时候，我突然有种如释重负的感觉。有人可以倚赖，有人可以守卫着我重要的东西，这样的感觉好像今天照在我身上的阳光。我觉得自己也是个普通的小孩子了。

第三天。

HER：今天的安排是去海洋公园玩。有失望的感觉。盛名之前却显出老迈的状态。旋转木马上脱落的彩漆像香港斑驳的眼泪。不过小孩还是很幸福的样子，他抓着我的衣角抬起亮亮的眼睛说："姐姐，进海洋公园以后我能跟着你一起玩么？"我笑，可以啊可以啊当然可以。这样干净可爱的一个小孩好象是圣诞节包裹在丝带和彩纸里的大大的圣诞礼物，看惯了乖钻叛逆的野小子们，我想我们谁也不会拒绝这样一个乖小孩。

看我同意了，小孩拉着我高兴地挤进排队买票的队伍里站队。我看有推车过来卖各种口味的可丽饼，就本能地拍拍小孩毛茸茸的脑袋说："乖，喜欢什么口味的，我请你吃。"话出口以后自己就先觉得荒唐起来，人家是阔气少爷，稀罕这个？没想到他很认真地挑了一个香蕉加巧克力味的。看他捧着热腾腾的可丽饼吃得满嘴都是奶油的样子，我突然忘掉了他口袋里的金卡，觉得只是个普通小孩的模样。小孩子毕竟只是小孩子吧。突然

觉得很想疼爱他，目光一时间无限温柔。结果倒是在由真人装扮的恐怖洞穴里，我是一路尖叫还死攥着人家不放，最后还是小孩把我拖出去的。

这个，丢脸，就不往下写了。

HIS：今天好开心！去了电视上看到过很多次的海洋公园！有大大的维尼熊，海豹顶球表演，疯狂过山车，还有动感电影。我和小姐姐玩了好多好多项目呢。不过，知道我最开心的是什么吗？姐姐请我吃可丽饼！回忆起来好象从来没有朋友请过我客呢！这是第一次！而且我不知道是挑香蕉味好还是巧克力好，结果你猜呢？姐姐把两种口味的都买给我了，哈哈！我觉得那是我吃过的可丽饼当中最好吃的一个，我已经很小口、很小口的吃，但为什么还是把它吃完了呢，真的好可惜。但是我想我会一直记住那个味道的。

玩恐怖洞穴的时候姐姐吓坏了，一直使劲抓着我的手不放呢。女孩子就是女孩子。我是男孩子，我才不害怕呢，我已经足够大，可以保护姐姐了。就像童话故事里白衣骑士打败火龙，最后救出了美丽的公主一样。我也想要那样强大。

第四天。

HER：到香港必然要去的一个地方叫浅水湾。在我眼里其实是很简陋的地方，但是藏龙卧虎。以至于导游报出一个住在这里的人名，大家就尖叫一声。迎面看到的一栋楼很奇怪，中间整个空了一个方块，小鸟能从中

间飞过。据说是按风水建的，表示有钱眼可钻。我拍拍身边不说话的小孩的脑袋逗他，嘿，以后你家也搬到这里来钻钻钱眼吧。他摇摇头，声音很小地回答，爸爸妈妈总是不在家，他们就把我送到老师家里去住。我，其实也不是太清楚我的家。我只知道在很多地方有爸爸妈妈买的房子，但是，我不知道那里到底是不是家。

我看到他的头垂得很低很低，就拉着他在沙滩上走，一直到导游叫我们上车。我觉得我无法用语言或者表情来安慰这个孩子，所以只能一直走。其实本来也就是这样，不管怎样我们都还是要一直走一直走的。风吹起我的白裙子和他小小的衬衫。

HIS：我不知道干嘛要去看有钱人的房子。又不是很漂亮的建筑。而且看了也不会变得很有钱。再说，有钱真的有那么大的意义吗？如果要是我，我肯定不会把家建在那里。可是，可是当小姐姐问我的时候，我连我

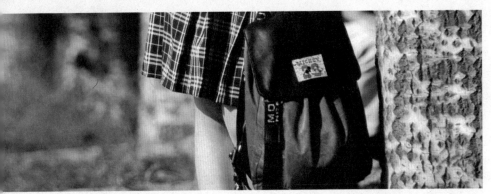

的家在哪里都没办法告诉她。我记得我有很多房子，很多。但是，到底哪一个才是家呢？

就突然难过起来了。今天的日记不想写了，早一点睡吧，但愿我能梦到

哪一个房子才是真正的家。但愿。

　　第五天。

　　HER：今天是旅行的最后一天。可能因为是回家的期限到了，所以大家都把握最后的机会去电子广场买水货了，而我因为可能是昨天在沙滩上吹风感冒了所以只能独自留在酒店里。

　　去看看小孩吧。昨天风那么大，也许他也着凉了。我看到他的门虚掩着，于是走了进去。虽然房间里没有开灯但是就着满香港繁华的灯光，我看到薄薄的床单下裹着的小孩，好像一头负伤的小兽般轻轻地啜泣着。我静静的，就走了过去坐在床边。轻轻地抚摩着小孩的背。

　　"告诉姐姐，怎么了。"

　　在很久的哽咽后，我听到了这样的声音：我想妈妈。"姐姐，你知道么，我从上小学开始就一直寄住在我的老师家。我长这么大都没有和妈妈住在一起过，而爸爸是什么样子的我早就忘了。我不喜欢钱，不喜欢黄金大餐，我爱我的妈妈，如果她不是女强人的话我更爱她，可是，我都不知道她需不需要我爱她……姐姐，跟你在一起的这几天，我感觉好开心。明天，明天又只有我一个人了……"最后他终于呜咽着扑进了我怀里，然后抽泣着，抽泣着，安静地睡在了我的腿上。

　　现在，我静静地翻看着这几天的交换日记，看小孩歪歪斜斜的笔迹和嫩

蛋黄一样的情绪。静静地写上今天的内容。那么快，就要说再见了。望着小孩熟睡的样子，我感觉到自己作为巨蟹座女子身体里与生俱来的母性在膨胀，他今天的日记注定是空白的了。我不知道我要写怎样告别的话。但我希望这个小孩能过得快乐，我素来是信奉庄周的，因为生命只有一次，它的最大意义便是快乐，其他的东西，是重是轻其实一百年以后就不重要了。这个我不知道应该用富有还是贫瘠来形容他的小男孩。祝愿，一生平安喜乐。

HIS：空白。

后来，呵呵，其实没有后来。旅行结束，一切也没有了。但是直到现在，我一闭上眼睛仍能想起落地的玻璃窗外面美丽的维多利亚港和异乡满城的繁华，而我的面前只有一个受伤的小孩。

我没有在D (DAD) 中写你，而是选择在F (FATHER) 中写，因为我想我们对彼此

我要说，我生命中所有的神奇是在这个F。我的所有情感所有勇气所有善良所有

这个我静下心来默想三分钟就能泪流满面的男人。

我前世的情人。

我的父亲。

与父书

的感情不止于平凡的父女之间。

付出所有脆弱所有坚强所有的所有，是给这个男人

这个我静下心来默想三分钟就能泪流满面的男人。

我前世的情人。

我的父亲.

父亲：

你好。

刚挂下电话我就开始提笔写这封信。抱歉我骗你说我马上就要睡觉了。你问我书中有没有写到你，呵呵当然有。你是我的血液的源头，我的父亲，我对男性所有好感的来源。我的嘴唇轻轻动两次，就可以吐出的音节。父、亲。

我没有在D（DAD）中写你，而是选择在F（FATHER）中写，因为我想我们对彼此的感情不止于平凡的父女之间。

我要说，我生命中所有的神奇是在这个F。我的所有情感所有勇气所有善良所有付出所有脆弱所有坚强所有的所有，是给这个男人。

这个我静下心来默想三分钟就能泪流满面的男人。

我前世的情人。

我的父亲。

　　你还记得吗？我初三的时候我们一起在电视台做一个关于父亲节的节目，主持人问我，你觉得你从你爸爸那里获得的最有益的是什么？我说是我的血脉。我说我身体里流淌着是他的血，这才是我最大的幸福。现在我依然可以平静笃定地说这句话。我记得你当时用力地握了握我的手。

　　我每一年能见到你的日子不过两三个月。总是聚少离多。你在我两岁的那年终于厌倦了在机关省里委写报告的生活，索性停了薪去了南边那个遥远的海岛。所以在我的童年，父亲永远都是一根通向远方的电话线，我会每天拿起电话用稚嫩的声音询问：爸爸，你什么时候回来呀？你什么时候回来呀？答案总是快了快了。然后某一天一觉醒来发现我的枕头旁边堆着一个大大的洋娃娃或者一套漂亮的格子洋装时，我就知道爸爸你是真的回来了。然后急忙跳下床去奔向你，有的时候你穿着大T恤衫留落腮胡子，有的时候是西装革履的样子。太年幼的我，不太记得你的模样。你在家的时候极少，以至于当你外出回来后抱着我到院子里散步时，周围的邻居会以为我家来了陌生的客人。我小声地解释说不是的不是的这是我的爸爸，然后难过地低下头，不知怎么的自己就觉得有很羞愧的感觉。你没有目睹我一点点的从一个小丫头长成现在的模样，不知道你是否会和我一样对此表示遗憾。

　　父亲，我很小的时候就知道了我的父亲是和别人不一样的。你不是每天早上八点就拎着公文包上班，而是每晚都在桌子前写字写得很晚，你说如果这辈子什么也没有留下，也要留给我一个这样的背影。你从不凶巴巴地要求我背诵唐诗三百首，却经常笑着看不满四岁的我提着颜料桶在家里的墙壁上乱画，然后带我去公园画旋转木马。你说"神童"二字，不是"童"亵渎了"神"，而是"神"亵渎了"童"。一直到现在我都很感激

这些话。

　　但是我也是很向往那些平凡中见内力的父爱。比如一家人早晨一起起床围在桌子前吃早餐议论电视里的新闻再各自上学上班，比如放学时下雨了可以看到家长站在学校门口举着伞接我回家，比如那些最稀疏平常的温馨。但也许我注定就是要以更加沉重的方式来获得我的父爱。是这样吗？

　　在我的成长过程中，你做过很多很多的事情，你有的时候是潘导，有的时候是潘老师，有的时候是潘总，我估计你自己都不记得所有了，但是你要记得惟一不变的称呼是潘萌小朋友的父亲哦。虽然，你没参加过几次我的家长会，但是不管我是小学还是中学，我的老师都知道你。都会在课下摸着我的头询问我有关你的情况，那个时候我感到很骄傲。虽然，你从来不知道我的课文上到了哪里，虽然，你从来不知道我又换了新的小熊辫绳。

　　你是一个如此喜欢和命运争的人，所以会经过很多很多痛苦。有很多故事你都是等我慢慢长大了以后才一点一点告诉我的。你说做人，做一个男人，最重要的就是三个字：经得起。而我越是长大，就发现自己对你的感情由许多的崇敬变化为了许多的怜悯，我会心疼你、可怜你。望着你的脸，我往往感到不忍。很多时候我甚至希望你庸俗平凡，但是平安，健康，快乐。我希望你过安逸的生活。可是你就是这样的人呢，就如同你吃菜讲究的是色香味而不是营养搭配一样，我想你大概到了八十岁，还是会面对不满意的生活立马转身就走吧？我拿你，真是没有办法。

　　父亲，你说你惟一不能放弃的就是自由和对我的爱。我总是有种错觉，我觉得你是背着对我的爱然后四处漂泊。可是，我逐渐长大了，你也就逐渐老了。你果真要这样漂泊到老漂泊到死么？每一年除夕的日子我站在家

门口听你拖着箱子由远及近的声音时，我就想大概从来没有一个女儿以这样的方式爱着自己的父亲。很多时候我只能看着你远去的背影，日渐蹒跚。

现在我一抬头就可以看到我们一起做的陶瓷盘子，你的盘子里画了落日跌进山谷中图案的油画，我的是一个卡通的美女头像，它们摆放在一起多亲密。看着看着我就想起那天我们俩挽着袖子在窑里烧盘子的情形，你满脸的汗，但表情那么喜悦，就像一个比我还要小很多的小男孩。写到这里我捂着嘴轻轻地笑了。

最近我们讨论得比较多的是关于大学的问题。

去学校报到的那天你陪我到超市里采购了很久，大大小小的东西装满了整个推车。快要推去付帐的时候我发现还少买了一样东西，于是就叫你看着车子坐在椅子上先帮排队。等我拿着东西回来的时候发现你已经靠在椅子上睡着了，还轻轻地打着酣，一只手还抓着推车把。其实只不过短短的两、三分钟而已。那一刹那我觉得喧哗拥挤的超市突然寂寞了下来，我安静地站在你面前看着你，看了很久很久也不舍得把你叫醒。我第一次那么深刻地感受到你的疲惫之态，毕竟，已经是年近半百的人了。写到这里，我突然自己被这"年近半百"的说话吓了一跳。我的印象中你一直是很英俊的男人，可是最近你却显得越来越糟蹋起来，有一种老迈的迹象。爱重复啰嗦，爱随手关灯，爱打盹。英雄迟暮大概是比美人迟暮更可悲的事情吧。我简直不忍心在几十年以后看到你连话都说不清楚，饭汤洒了一身的

样子，你是我的父亲啊，是那个，永远把我扛在肩上的男人啊。

到了大学里我经常在电话上和你诉苦。你告诉我说上不上大学无所谓，你说上哪所大学也无所谓。你想做什么就去做。要是有后果我愿意和你共同承担。我想这句话不是所有的家长都能够发自内心说出来的。可是我明白你的意思。就像我小的时候我们经常有的对话：

"写不写作业？"

"不想写。"

"真的不想写？"

"真的不想。"

"一点点也不想写啊？"

"一点点也不。"

"好吧，那不就不写了嘛，过来看《西游记》吧。"

你不在乎我是否分数高、考得好，是否有实惠的前途，是否好找工作，你给我自己选择，你要我自己学会如何平衡自己的生活，如何成长。在我可以独立思考的时候你就已经把我当成一个需要认真对话的对象。就像挂在书房里的那张大照片一样，小小的穿着毛绒开衫的我，和大大的穿着破烂休闲服的你，都翘着二郎腿，并排坐在一条长凳子上，一大一小两张脸上是类似的眉眼和相同的得意的表情。我们把这张照片命名为"平起平坐"。就是这样。你的那些文学界的朋友们说我们的父女关系很后现代的。我还没弄明白后现代是什么，但是我喜欢。

父亲，其实我想我的这一辈子，只有一个愿望，就是能够成为你的骄傲。我现在所有的努力也是为了实现它。我要让别人觉得，我配做父亲的女儿。我和你一样好。

我不指望这封简短的信就能说清楚这种深入我灵魂的情感。

我用我所有的所有来爱你。从过去，到现在，到以后。

　　此致

敬礼

你永远的

潘萌

2004-12-15

其实我再怎么安慰你开导你劝戒你

都只是站在隔岸。

所谓旁观者清，

其实应该是旁观者轻，

轻松轻易的轻。

可惜你还是没有弄懂这个道理，

而我也无能为力。

隔岸

G

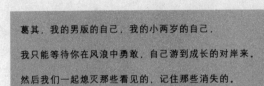

葛其，我的男版的自己，我的小两岁的自己，

我只能等待你在风浪中勇敢，自己游到成长的对岸来。

然后我们一起熄灭那些看见的，记住那些消失的。

很多人都会说葛其像我。我自己也这么觉得。

葛其是比我低两届的一个小男生，跟我住在同一个院子里，他的爸妈和我的父母也是大学里的学长学弟的关系，所以到现在两家走得都比较近，而葛其有的时候也就叫我姐姐，从小就喜欢跟着我玩，找我说话。长大了以后呢，有些不愿意和父母说的话也都跑来找我，对我很是依赖。葛其经常说，姐，我是男版的你，是小一点的你。

葛其的优点和缺点都和我相似，小脑袋里总有很多问题要想，多愁善感，心地善良，表现欲很强，也容易受伤。而且我们有同样的眼光和品位，他喜欢的我绝对也满意，我讨厌的他也不会欣赏。甚至连烦躁或者伤心时做的一些小动作都一样。如果我想知道他对某一个事情将会怎样处理，只要看看自己会怎么处理就知道了。看着一个和自己如此相似的小男孩慢慢长大是一件看似快乐的事情。

因为当我看着他面临了我当时也曾经面临的困难时，在我的心里是多么

的希望他能够表现出比我当时更多的智慧和成熟，但我心里也很清楚，他太像我了，他只会做出和我当时一样的选择。就仿佛是我站在岸边，不管怎样大声地呼喊，也只能眼睁睁地看着葛其在水里挣扎，看他受伤的姿势一如当时的自己，触目惊心。

葛其遇到事情总是会打电话来向我求助。总会说，姐姐，帮帮我帮帮我。我总是真诚地用所有的力气去帮他，不管是复习英语还是学校里的人际关系，感觉就像在指导当初的自己，恨不得把所有成长的教训全都塞到他的脑子里。就和歌里唱的差不多，爱你就等于爱自己。而葛其也是很信服我的，知道我是真心为他好，所以凡是我的意见，他都会收起平时游戏的样子，认真地听，仔细地思考。

但是某一天。

"姐，我谈恋爱了。"电话里的声音有我熟悉的那种饱满的新鲜甜蜜。

"那是什么样的女孩？"其实我也不用问，就知道他会喜欢谈什么类型的恋爱。结果果然不出我的意料，因为自己和他一样，在十六岁的年纪对孤独、黑暗和不经意间的温柔有着疯狂的痴迷。但那些孤独总是会让我们心痛不休，我们身上星辰般的光芒怎么可能驱除那些黑暗？我们再怎么紧扣双手也盛不下那些不经意间的温柔。这样的爱情，注定是我们趟不过去的河流。

"葛其，离开她。如果你相信我的话，不会有好的结局，最后她会让你痛苦。"我抚摩着自己心房上落满灰尘的伤口，告诉他真实。

"为什么？姐，我不要，我简直为她疯了。"

"那么好吧，至少记住只爱她八分，另外两分留给自己。祝你幸福哦。"如果葛其能够被劝得动的话，那么我当时也不会如同飞蛾扑火。所以罢了。

　　我痛恨自己此刻仿佛变成了一个坐在三岔路口的老太婆。拄着拐棍满身伤痕地告诉后来的人："喂，不能走那条路，那条路充满荆棘而且尽头是悬崖，我年轻的时候就是因为不听劝告而得到了现在的结果，你千万别学我啊，不要走那条路啊，不要啊……"可是后来的人还是走上了那条路。就和第一次来到这个路口的自己一样。

　　虽然已经知道未来的结果，但我仍然心存侥幸。仍然觉得或许，葛其会超越我，完成我所没能完成的快乐。

　　就像先生以前说过的那样：

　　"我们追悼了过去的人，还要发愿：要再和别人，都纯洁聪明勇敢向上。要除去虚伪的脸谱。要除去世人害己害人的昏迷和强暴。

　　"我们追悼了过去的人，还要发愿：要除去于人类毫无意义的苦艰，要除去制造并赏玩别人苦痛的昏迷和强暴。

　　"我们还要发愿：要人类都受正当的幸福。"

　　但是结果总是逃不出性格。几个月后的夏夜雷雨，我打开门去倒垃圾，看到的是蹲在门旁边环抱住自己，浑身湿透的葛其。我蹲下来抹他被雨水粘在一起的头发。他抬起头来，看我，"姐，她走了。"

　　我被那双眸子逼得深吸一口气，倒退了几步。那分明就是我自己的眼睛。一样的血丝一样的含泪一样的负伤一样的无可奈何。我看到的是两年

前的自己。一切还是都在轮回之中。我关于葛其的侥幸破灭了。而我始终只能站在岸边忧伤地望着他。那种感觉就是好像自己痛苦了两次。

　　我拉他进屋来，递上杯热牛奶和干躁的大毛巾，什么也不说。只有他自己才能治好他自己，因为我就是自己给自己包扎的伤口。

　　葛其，我的男版的自己，我的小两岁的自己，

　　我只能等待你在风浪中勇敢，自己游到成长的对岸来。

　　然后我们一起熄灭那些看见的，记住那些消失的。

对 他 说

这个人，是我生命中挺重要的一个人呢，可是一直到现在，我只是随着年龄阅历的增长来一遍遍地覆盖清晰对他的定义。我的……HUSBAND。

> 但是我的夫君，我仍会好好待你。
>
> 毕竟，日子还是日子，一切都是要继续。

我在今夜十点三十分的时候开始想要对他说几句话。

过了十二点，我可就长成十八岁的模样了呢。这个人，是我生命中挺重要的一个人呢，可是一直到现在，我只是随着年龄阅历的增长来一遍遍地覆盖清晰对他的定义。

我的……HUSBAND。

啊，我的夫君，该会是怎样的一个人呢？从很小很小的时候，穿着白色小小公主裙的我就对夫君有着又恐惧又欣喜的幻想，意识中的遥远的夫君似乎迈着清晰的步伐，向我一步步的走来：咯哒，咯哒，咯哒……

夫君，你听我说哦。我是一个有英雄情结的女子。每当我看到《天龙八

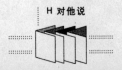

H 对他说

部》中阿朱靠在乔峰肩上说话，她说我们走吧，这一次以后我就随你回你的家乡，去大草原牧羊，为你，我可以什么都放下。就会觉得阿朱是特别特别幸福的女子，因为有一个男人值得她放下所有。我也愿意。可是穿着白色小小公主裙的小女孩一点点长大了，就知道这样的男人我不一定能够遇上。现在的世界里，不一定有英雄。所以，就不再幻想什么武功盖世状元之才，什么齐天大圣七色祥云。但只希望你能够在某个方面比我强一点优秀一点，让我可以带着些许的欣赏和你生活在一起。让我可以为自己的夫君有小小的骄傲。但是这不是说家庭生活的天平就倾向了你哦，我们要像字母"H"一样，平等的，肩并肩手拉手站在一起。

你是我的手臂，我是你的掌心。

夫君，你知道吗。我有位要好的女朋友对我说，她有关爱情的最高目标就是结过了婚以后可以吃完晚饭两个人手拉着手在院子里散步，然后回家一起看九点档的新闻。想想也是，现在我身边少年时代的恋爱无非是对今后生活的模仿，这样平淡的感觉是很多女孩子向往的。女孩子毕竟还是女孩子。没有谁是故意要做出倨傲超脱的态度的，也没有哪个奇女才女是真实幸福的，不过是以这样那样的方式拥抱安慰自己冰冷的一生。如果有一份好姻缘降临在她们面前，她们是愿意抛下这些锦缎上的花朵，做个平庸安然的快乐妇人的。可最后她们还是站到了陡峭的地方，留给后人一个再怎么抚摩也不得温暖的脊背。这可都是因为你们，是你们的错呀。

我想对于女子的话，想要有幸福，其实中等的资质，也就是够了。

夫君，我不知道自己是不是贪心了一点点。我想要你不只是疼我还是要懂我的。如果没有共同的对待生活的态度，共同的语言，共同的精神，我想那是不可以的。你，是要知道我的。我不是爱好张扬个性，标榜女权的女子，我乐于享受生命，体会生活的每一个小细节，偶尔也会梦见自己变成美丽的蝴蝶。生命对我来说无非是一场盛大的宴会，而我是赤着脚提着裙子不想错过任何一场。如果你对我好，我便走在暖暖的云端，如果你对我不好，我便小人鱼般走在刀尖之上。啊，当我真准备付出我的心的时候，能不能有好心的人告诉我亲爱的夫君，千万千万不要让我伤心？

夫君，你说情侣或者夫妻间最重要的该是什么呢？是不是彼此信任和忠诚？

我，也不是非要一个盲目的，死心塌地对我的人，而是一种尊重，对承诺，对自己做出的选择的尊重。是一种大智慧，对爱情，对婚姻，对生活的认真态度。

执子之手，那么就与子携老吧。

要的是一份悠然淡定的心情。你，懂吗？

时钟敲响了第十二下。那么我已经十八岁了。跑到落地的镜子面前直直地盯着里面那个将长长的头发用橘黄色小熊束在胸前的女孩子，已经变成了成年的小女子了呀。呵呵。不是强词夺理，就是有那么一点点的不一样。

趴在阳台上，敞开窗户，望着楼下操场上有单车骑过。后座上女孩子的

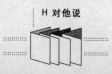

轻巧笑声在夜晚里犹如一朵缓缓绽放的昙花。就突然想到了梁静茹的《勇气》MTV里面那个穿着吊带裙瞪着酒保拍着桌子说"今天我十八岁了"的女孩。想到了她一遍一遍地问："你为什么不要我，我还是处女耶！"想到了她那样慌乱又让人心碎的爱情。

歌曲里说一个少女在公车上遇到了一个在纽约结过婚回本地一家酒吧当酒保的英俊男人。她就爱上他了。一次次地到酒吧里寻找他，可是男人都以她是个幼齿为由把她轰出了酒吧。女孩等啊等，终于等到自己十八岁那天，特地换上了蹩脚的性感衣裙画上妖娆的彩妆再次走到酒吧里，把身份证甩到男人面前，骄傲地说："我今天，十八岁了！"男人终于莞尔。我想谁也无法抗拒这样茂盛的青春和新鲜的爱情。

我今天十八岁了，我有资格爱你了。

可是最后男子还是离开了她，离开了她原本正常的生活。下着大雨的电话亭里，女孩子不停地投币不停地骂"你这个猪，长屁股的猪，得口蹄疫的猪！"泪流满面。

在她短短几天的爱情中，梁静茹舒服的女声一直不停地唱着"爱真的需要勇气，爱真的需要勇气"。好喜欢这个女孩子，勇敢地跟随着自己的心，去找到那个男人，用力地去爱他，狠狠地爱，即使他注定是要离开，即使自己什么都没有留下。即使一切皆如捕风。

爱就是一份心甘情愿，手拉手也敢去海角天边。

可是，可是我并不是很勇敢的女孩子。从小我就很慢热，我会胆怯，会羞涩。我好怕因为这样就让你从我的身边擦身走过了。我好怕爱只是天时地利的迷信。所以，如果你走到我面前来时，可不可以停下来等等我，等我鼓起勇气来把一生交到你手心里，好吗？

还有，夫君，请给我你的誓言。我并不是傻到想用它去约束你。只是，我想听到这个世界上有个和我完全没有血缘关系的人大声地说，愿意爱我。

夫君，风在，树在，阳光在。你在，我在，岁月在。

你还要怎样一个更好的世界？

H 对他说

　　又想到了那个关于到底是嫁给我爱的人，还是嫁给爱我的人的问题。妈妈说，孩子，对自己好一点，不如嫁给那个爱你的人，让他疼你照顾你一生。可我想真正心疼自己的人，还是会选择嫁给自己所爱的人。可以待在自己爱的人身边，那是一种怎样的满足。因为爱，说到底还是一个人的事情。你爱着他，何必管他爱不爱着你，只要一直从你爱着他爱到你不爱他了为止就可以了。但是也有人说，谁会傻到嫁给自己最爱的人呢？爱情的棺材板就是结婚证。

　　可是，我还愿意用我对生活的所有热情去赌一把，我希望，我今后的爱情，是有婚姻的爱情，我今后的婚姻，是有爱情的婚姻。

　　得之，我幸。不得，我命。

　　如果，如果在几年或者十年以后你们看到我，看到我身穿婚纱站在某人身边，请望望我的眼睛，看看里面是否有点点星光。如果没有，那么什么也不要说出口，只拍拍我的肩膀好了。那就说明我上面所有的美好的假设都没有实现，我在十八岁成年礼的夜晚许下的心愿上帝没有听见，我是赌失败了的。只是找一个顺眼的人把自己嫁出去了。

　　但是我的夫君，我仍会好好待你。

　　毕竟，日子还是日子，一切都是要继续。

I

在我的心里一直住着一个男人。他潜伏在我的日常生活里，伺机出现。

当李远瑶在那晚的星空下侧着头对我说 "如果你是个男人就好了" 的

那个男人就是我自己。

时候，我也对自己说，如果我是个男人，就好了。有个女生爱过我

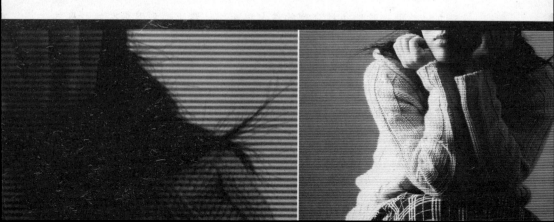

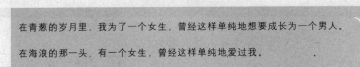

在青葱的岁月里，我为了一个女生，曾经这样单纯地想要成长为一个男人。

在海浪的那一头，有一个女生，曾经这样单纯地爱过我。

"轻飘飘的旧时光就这样溜走，转过头去看看时已匆匆数年。"

如果有一个人陪伴了从你出生到现在的三分之二时间，你会不会很爱她？

认识李远瑶已经十二个年头。所有的生肖都可以轮上一回了，真是当时只道是寻常。

我还记得小学一年级开学时的情景。那天的太阳很大，我背着崭新的机器猫书包一蹦一跳地往被分到的教室里走，一路上遇到很多和我一样的人，虽然我现在对他们一无所知，但是也许他们其中有的马上就会成为我的同学。比如那个穿格子娃娃裙扎麻花辫子的小女孩。一想到这里我的心里就非常舒服。我短短的碎发被微风吹起来，和胸前的海军服飘带一起飞扬。在我的童年时代，妈妈喜欢把我打扮成假小子，我的性格也是喜欢率领一帮幼儿园的小朋友们爬高上梯，捣蛋作怪。对于这个家门口的小学校

园，我也早就是熟门熟路，爸爸妈妈也就放心地只送我到学校门口。很快我找到了我的教室，一年级二班。

老师正在给所有的新同学念课程表，安排值日等等。教室里乱哄哄的，大家都是又好奇又兴奋。我趴在桌子上把小脸侧着贴在厚实的木头桌面上，可以听见嘈杂的声音通过木头传出的钝重遥远的感觉。然后看到离我最近的是那个穿格子娃娃裙的小女孩一脸慌张地绞着自己的双手，目光不知所措。

"喂，你能带我走吗？"我听到一个十分微小的声音，然后抬起头看到她轻轻地扯住我的衣角。"我想上厕所，可是，可是我不知道厕所在哪里。"我轻松得意地笑了，"我知道，跟我走！""可是，可是老师还在说话呢……""哎呀不用管他了啦。"我拉着她从后门溜了出去，轻车熟路地带到了操场后面的厕所。

"你进去吧，我在这儿等你！"我噌的蹿上双杠，倒吊在上面朝她挥手，我的眼睛里看到颠倒着的她害羞地说谢谢又急忙地跑向颠倒着的厕所。真是很有意思的事情。

等我们再回到教室里时，老师已经站在讲台上开始在点名了。"李远瑶，你们两个到哪里去了，老师还没说放学你们怎么可以偷偷跑出去呢！"小学的时候，在一般孩子心目里老师都是和天一样高，所以你看我身后的小姑娘都要哭了呢。下面坐着的小朋友里有认出她的就一起起哄地喊："哦，哦！小女生和小男孩一起上厕所哦！李远瑶羞不羞哦！"教室里面立刻热闹起来，大家都合着喊了起来，那个叫李远瑶的小女孩真的就羞得捂着脸哭了起来，小小的肩膀一耸一耸的。

又被当作男孩子了，气得我揪起一个带头的小胖子就塞了他一拳，冲着底下大喊："我是女孩子！是她不认识厕所在哪我才带她去的，你们别吵啦，谁再吵我就打谁！"

结果当然就是潘格子第一天上学就被老师罚站走廊。因为我当时还没有学会当学生的方圆之术，不懂顺着老师暗示的台阶下来，所以就只有站在走廊里站着。不过站着也好啊，可以看到蓝色的天空上和棉花一样蓬松的云朵变化成各种形状，可以听到校园里最大的那棵老榕树落叶的沙沙响声，太阳真是暖和啊，晒得我都想要睡着了，我好像听到放学的钟声一圈圈地荡漾开来，忽近忽远……直到感觉自己的衣角第二次被那样轻轻地扯了一下。睁开眼睛一看，又是她。那个穿娃娃裙梳小辫子叫什么远瑶的，又是那个手足无措的表情。天啊，今天到底怎么了。四周看看，不知道已经几点了反正学校里是早就没有了人，原来自己居然站着睡着了。

"那个，看大门的老爷爷要锁门了，我，我只好把你叫醒，一起回家好不好？"她轻轻地用很软很软的声音对我说这些话，手里还拎着我的机器猫书包。

我跳了跳活动下四肢，背上书包，"好啦，走吧走吧。"

两个小女生就手拉手地往回家的路上走了。

"你怎么知道我和你家方向一样？"

"我知道的，我家住在你家对面。你家三楼我家四楼，妈妈不让我经常下去玩，我就趴在窗户上，看到你在楼下跳房子。"

"你喜欢跳房子吗？"

"我喜欢。"

"那下次我们一起跳好了。"

……

在我第一次见到李远瑶的故事里，我扮演了一个小小的骑士。在后来的时光里，我的衣角被那样重复地轻轻扯了无数次，在我想逃课出去买冰淇淋的时候，在我放学不回家的时候，在我往人群里挤着看热闹的时候。我们手拉着手走过了春夏秋冬走过了悲伤和喜悦，从我们的成长里缓缓穿过。李远瑶告诉我说，天寒地冻也要一起走一直走。

那一年我们6岁。

所有人都知道潘格子是和李远瑶在一起的。一起上学一起放学，一起哭一起笑一起沉默。一直走完所有的基础义务教育。

我现在一闭上眼睛就又能立刻看见从前那条连接我们的家和初中学校的路，从我的脚下一直远出那些散落着的许多记忆。那家学校右边的CD店，每次我们分头翻到的都是同一张，有的时候是班德瑞，有的时候是PINK，然后远瑶就会把惟一的那张买下来带回家刻一张，再把原碟给我听；那些故乡的小吃，每次放学我们俩都会设计出最佳的路线一网打尽所有的美味；那个我们共同喜欢的对面班长长睫毛拉小提琴的男生和被我们嘲笑过的拦着路的小小追求者们，我们说"看得顺眼一千万就嫁了，看不顺眼的一亿才嫁"；还有院子里的那棵长在不为人知的幽闭地方的枝繁叶茂的老榕树，一次下雨天里我发现了它，就如同一位长者，沉默地倾听了两个女生好几年的秘密和心愿；还有从幼儿园排着队放学、胸前挂着小熊手帕毛茸茸的小朋友，远瑶每次都从口袋里摸出糖来给他们吃，然后看着他们手拉手地在前面走，我们手拉手地在后面走；还有那些日子里所有的灼灼桃花。而现在，我只能在遥远异乡里，而李远瑶仍然可以经常从院子里那片云霞般的紫薇花树林里穿过，只是穿过时不再有我摇晃着树干让她在花瓣雨里提着裙子跳舞旋转。

我们一直是彼此相爱。

我依然会在远瑶受委屈的时候替她出头或者帮她顶替一些难缠的差事，她也总还是看到我和别的女生关系密切的时候暗地里抹眼泪。那时候玩游戏时用黑白配来分家，不管是怎样我都是和远瑶分到一家。我以为是缘分，在一次回家放学的路上很得意地跟她说，她却摇摇头告诉我她一直记得我喜欢先出两次黑再出一次白，"世界上没有那么多的缘分，两个人在一起，至少是有一个人在苦心经营的。"

我突然第一次发觉她的笑容有一点悲凉的味道，不由得握了下远瑶的手，她低下头，一路沉默。我已经不再是童年时代假小子的模样，而李远瑶却和当时的样子一点也没有改变，我感觉就是把那个穿娃娃裙扎小辫子的小女孩同比例放大成现在的大小而已。

那一年我们十四岁。

假期里有的时候我会住到李远瑶家里去，我们的童年都不是在父母的翅膀下长大，不过父母长年在国外的李远瑶的自理能力可是要比一天到晚糊里糊涂的潘格子好多了。所以有时候父母出差，他们就会放心地把我送到

她那里去。最长的一次有整整半年。半年的日暮清晨，我们朝夕相处。

我明白李远瑶是和我一样又不一样的女生。我们住在一起的时候有比恋人更美好的感觉，那是另一个自己，殊途同归。

我在省里最好的高中念书，远瑶读的是普通的民办高中，其实原本我就没有远瑶努力，她是那种笔记最完美的学生，不过是差了些对付书本的资质。好在远瑶也不是一个心高的人，或者说她不羡慕那样的天空。放假时依然安静地在家里读她的外语，放一些轻慢悠扬的曲子，比如苏格兰风笛什么的。然后擦木地板，做简单可口的饭菜，过清爽的日子。一般是远瑶晚上临睡之前会敲我的门叫我起床，然后两个人都穿着厚厚的棉睡衣坐在窗户边喝蜂蜜加牛奶，然后她去睡觉，我起来活动。写字，上网，做作业，看电影或者别的什么，过混乱仓促的日子。等城市的天空渐渐明亮起来，远瑶也就起床了，而我就正好到了一头栽进被子里睡到中午的时辰。李远瑶说，格子，我们就是这样隔着整整的一个黑夜。我的日暮是你的清晨。但是我还是爱你。

每隔几天，我们也就偶尔一起夜游一下。我们比对方更了解对方的脸和身材。出行前就跪在地毯上彼此打扮，我替远瑶涂粉色唇彩她给我刷紫色睫毛膏。有时候逛商店，经常玩的把戏是走到一层工艺品柜台，我们分两头绕，然后同时报出最喜欢的那件，每次都是同一个，不管是杯子相框还是花瓶。要么就去一家干净别致的留学生酒吧，远瑶只喝鸡尾饮料，而我有时候是会馋酒的，需要小酌一下哦。然后在深夜里手拉手一起回家，月光下远瑶哼起的那首法语老歌的曲调让我觉得那么美。

我甚至以为，如果我是男人的话，我们就可以这样过一生一世。

我甚至以为，C' EST LA VIE。（这就是人生。）

那一年我们十六岁。

每年我生日的时候，远瑶都会送我固定的礼物，就是一个亚麻色的日记本。外壳厚重不张扬，有烫金的花纹。里面是她密密麻麻的钢笔字迹，记录着这一年，我需要记得的日子和事情。现在这些本子都安静地躺在我的箱子里，不管走到哪里那些娟秀整齐的字都一直陪着我，一共有十二本了。它们记录着：某年某月某日晴，我跳房子的时候摔了一跤；某年某月某日大雨，我语文考试作文拿了满分；某年某月某日小雪，我们买了一样的白色长羽绒大衣；某年某月某日阴天，在公车上遇见了小学同学谁谁……春夏秋冬，年复一年，李远瑶都仔细地帮我记录着盘点着我的生活。如果没有了她，我会丢掉多少记忆我自己也不知道，我只知道李远瑶是我记忆中最不能抹掉的颜色。我们在跨千年的时刻跪在教堂里相互拥抱着宣誓，终身不离不弃，我们爱对方，就是爱自己。想来我们也不过是人群中再平凡不过的两个女生，幸运的是拥有了默契的眼神，从此不忘。

两朵山野里的雏菊，静静地陪伴彼此开放。

在我们十八岁的那一年，远瑶的签证终于办下来了。李远瑶终于可以实现自己的理想，穿着那条我们都有的红黑格子的呢子裙去那个有着鸽子和香颂的美丽国度学习和生活，到达她久违的父母身旁。生命的岔路口上，李远瑶终于要和潘格子说再见了。再见，再见，说过再见就一定要再次相见呵。

李远瑶临走前那晚，我们头碰头地望着天上大颗大颗的星星，坐在我们两家中间的那块空地上说了一夜的话。从开始的开始说到还未开始的未

来，拼命回忆我们一起走过的一点一滴。抱在一起又是欢笑，又是泪流满面。远瑶说，当她第一次见到我时真的把我当成了一个小小王子，当她忍住羞涩地轻声问我，喂，你能带我走吗，就真的相信我一定会带她走。可是现在，她就要一个人走了。我们就要分别了。

"要是你是男人就好了。"月光下的远瑶带着一贯柔弱美好的微笑和坚韧的嘴角。

少年分别让我们真实地难过和伤心着，我不知道究竟会有一个怎样的人去开创李远瑶的新的一段旅途，她也担心着究竟还会有怎样的一个人能代替她陪在我的旅途中。我们互相许诺着维护着自己在对方心中的重要位置，带着对彼此深厚的爱，我们要分头开始出发了，要为对方好好地向前、向前向前。

当我们都长成我们最喜欢的成熟女子的模样时，我们要再次一起拥抱着，平和安定又机智热情地生活。

就是这样。

在青葱的岁月里，我为了一个女生，曾经这样单纯地想要成长为一个男人。

在海浪的那一头，有一个女生，曾经这样单纯地爱过我。

"轻飘飘的旧时光就这样溜走，转过头去看看时已匆匆数年。"

红桃J的爱情童话

如果不是爱上了她，我并不觉得我自己是特别的。

> 我也不知道，那碎了我一身的，到底是我的红色桃心，还是我那还未开始，却已经凋谢的爱情。

我只是我们五十四个兄弟中的一员，我的名字叫红桃J。红桃是我的花色，J是我的大小。如果不是遇见她，我以为我的一生只是在这两种定义下进行着。

我在家族中并不是很受人注意，上面有哥哥K，姐姐Q等等，下面的弟弟妹妹就更多了。但是他们都说我是我们家族中最英俊的一个，我对这一点也很有自信，不是吗？我有着挺拔的轮廓和金黄的卷发，身上穿的是魁梧的铠甲，而且，我还有着红桃做的炽热的心。

我们家并不富裕，一家五十四口都挤在一个狭窄的纸盒子里，在被人购买之前，纸盒子外面还会包裹上一层劣质塑料薄膜，让我觉得更难呼吸。草花Q姐姐安慰我说，我们都只不过是供人消遣的东西，在黑暗中安静地等待和在阳光下给人娱乐并没有什么本质的区别。更何况，一旦我们被人们用来娱乐，我们就不再是兄弟姐妹了，便可悲地成为了战场上相互厮杀的未知的对手。倒还不如像现在一样大家相亲相爱地靠在一起来得安稳。

姐姐说的这些道理我都懂。可是我总觉得，我的出生就是为了等待一个人。

一个女子。

　　不知道是在这家超市过了多久的一个清早，我听见了一个年轻的很清脆的女声，她说："老板，再给我拿一副扑克吧，就那副就可以了。"

　　我知道就是她了。她来了。她要带走我了。

　　她把我们塞在已经显得拥挤的袋子里提回了家。可她只是把我们放在桌子上，并没有立即打开盒子的包装。而我，也只能在黑暗中猜测着她的模样，我感到我身上的红桃心在轻轻地颤动。

　　今天是什么节日吗？她仿佛很快乐，我听到她无论是擦地板还是洗菜的时候，总是轻轻地哼着歌，那是我从未听过的美妙旋律，在空气中如同阳光般一圈圈地弥漫开来。我还闻到桌子上的花瓶里插着的新鲜百合花的香味。一个喜欢百合花的女孩子，一定是像百合花一样的女孩子，我心里这样想着。

　　快点，快点打开盒子吧，让我看看你，我亲爱的命中注定的女子。

　　"丁冬。"

　　门铃响了，我听到她欢快地奔了过去。

　　"回来了呀？今天这么早？"

　　"嗯，提前下班，就赶着回来了。"我听到了一个含笑的男声，他们一起走进屋里来，不知道为什么，我的红桃心微微地疼痛了一下。

　　"也不知道你回来这么早啊，饭还没煮好呢，不如，我们先来玩扑克吧，今天逛超市的时候顺手买的。"

"好啊。就玩'争上游'好了，输了你可不许耍赖皮哦。"

他们面对面地坐在沙发上，她拿起了扑克盒子拆开了它。接着我们五十四个兄弟姐妹们就见到了我们有生以来的第一道阳光。在阳光金色的光芒下，我看到了她，碎碎的长发，鹅黄色的薄毛衣，还有一张如百合般轻轻绽放出笑容的脸。她修长的手指灵活地抚摸着我们，我们的身体终于不必彼此积压，都欢快地被洗出"刷刷"的声响。在大家欢快的"刷刷"声中，我长久地注视着她月牙型弯弯的笑眼。从见到她的第一眼开始，我就知道我不只是一张普通的扑克牌，我，爱上了她。

她把洗开来的我们放成了一摞。即将要开始第一场战斗了，大家都是既紧张又兴奋。我在心里不停地祈祷，让我被她抽走，成为她战斗的勇士。我上面的牌逐渐地少了，就快要到我了，就快了，我紧张得颤抖起来，上帝，菩萨，或者别的什么神明，求求你们让她抽到我吧。

我不知道是哪位神仙保佑的，我真的被她抽走了，我和其他扑克牌们一起安静地待在她温软的手心里。当她的目光从我身上扫过时，我感受到了无与伦比的幸福。我亲爱的人，我愿意为你而战斗。尽管我们这边的势力并不强大，尽管可能最后不会打胜仗，但是我亲爱的人，我的盔甲已穿戴整齐，我的宝剑已在剑鞘里嗡鸣，我的红桃心充满了对你的深情，我愿意为你而战斗，请派出我吧。

"要开始了哦，嗯，红桃三。"

J 红桃J的爱情童话

"那么我出……"

战斗开始了，我身边的同胞们被一个个派了出去，它们短兵相接后被混乱地叠放在沙发的中间，一轮一轮，反反复复。我期待着我生命中最重要的时刻的到来，我握着宝剑的手在微微出汗，我要为我所爱的人而战。

"喂，怎么不出啊？你快出啊？"我听到那个男人的声音，我也在无声地呼喊着，出我吧，出我吧。

她望着我，我能确定那美丽的目光是望着我的，我生命中的荣耀时刻终于要到了吗？我爱的人，她顽皮地冲我笑了一笑，结果……呼的把自己手中和那个男人手上剩余的牌都推进了战斗过的残骸中混成了一堆，还没反应出来是怎么回事的我就听见了她银铃般的声音，

"哎呀，不来了，不来了嘛，算我赢了！"

"你看看，就知道你要赖皮，好啦，算我输了还不行吗？饭该好了吧？走，吃饭去吧。"

我们，赢了？

刚才被分派到和我一边的兄弟姐妹们在欢呼着，可我却绝望地要哭出声来。

太多太多的扑克牌们挤压在我上面，让我不能够看到她最后离开的背影。我想，大概是被太多牌压着的缘故吧，我感觉很痛很痛，我不知道是不是我的红桃心被压碎了。

我也不知道，那碎了我一身的，到底是我的红色桃心，还是我那还未开始，却已经凋谢的爱情。

K 电话里的相声

也许，就是在下一个路口，

我就能遇着我电话里的相声。

在下一个路口

老K从我写完J的那一天开始就不停地问我K有没有写啊、进展如何啊。其实我怀疑他

自己心里或许早就知道K是送给他的文字。

这个家伙，嘿嘿。

　　老K从我写完J的那一天开始就不停地问我K有没有写啊、进展如何啊。其实我怀疑他自己心里或许早就知道K是送给他的文字。

　　这个家伙，嘿嘿。

　　这个家伙总是叫我小丫头。每次跟我吵架都是"唉，唉，唉……"一副没有办法的样子，但实际上他的办法总是比我多一点点。只不过他号称仁人君子，我是甘为地痞小人。

　　我没见过老K。但他算得上是最熟悉我脾气的人。有首港台流行歌曲叫做《最熟悉的陌生人》，我想大概就是这个样子。

　　和老K是在一个关于京剧的网站上发帖子灌水站在统一战线而认识的。

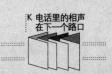

K 电话里的相声
在下一个路口

高一的有一段时间我在疯狂热爱HIP HOP DANCE的同时迷上了京戏，所以经常是身上穿着FOX板裤WALKMAN里放的是《武家坡》，一路摇摇晃晃地上学放学，被老K戏称成那个跳街舞的王宝钏。老K跟我处在同一个城市的不同角落里，比我多吃了几年干饭。大概是因为和很多北京人没有去过长城的缘故一样，我和老K也从来不提搞什么网友见面的事情。真的不是故意要玩什么神秘网友。事实上我们也并非仅是网友，称之为电话友应该更合适一些，这个下面再说。

在这个城市里我们总是擦肩而过，有很多很多次。比如某次我和我的朋友在BEFORTIME里面打扑克，其间坐我对桌的朋友向我后面一桌的某一个人打招呼说"嗨，你也在这啊？"后来我们才知道，那个人就是老K，我们居然背靠背地坐了一下午。再比如今年看《十面埋伏》，后来在电话里一对电影票根，才发现我是11排2号他是12排2号而且是同一天。诸如此类的经历有很多很多，我也从开始的感叹、诧异到现在的习以为常，从"咦，你怎么也在这里啊？"升级为"哦，你又再这里呀。"

我这个人吧，对于有趣的人是很有点自来熟的。老K就很有趣。十八九岁奔二年纪的男生正是追赶潮流引领时尚的时候，老K同志却好像和这些全都绝了缘，一门心思地往回跑。一个在金迷纸醉的繁华城市里穿着布鞋青衫，听古琴，卜六爻，说相声，弄弹词，唱京剧，听大鼓的男生，想来也就十分有趣。的确，真正让我把老K当成好朋友的东西，就是这些。每次在网上遇到，一问在干嘛呢？打快板呐。在干嘛呢？听古琴呐。多哏啊！

比如说，我和周围很多熟的或者不熟的人都可能有过在KTV里疯狂K各式各样流行歌曲的经历，不能否认我对那玩意也很是着迷，但是我还爱好托着腮在某个黄昏雨后听音响里每代名伶的反复吟唱，每到这个时候我就去打电话给老K扯谈，老K是可以和我分享的。在电话里我说最近听得比较多的一出戏是什么，他就可以自自然然地开了腔，一唱一和之中，自是一份熟悉和默契，唱毕彼此莞尔。但我只是古典的票友，是一个在时尚都市里玩儿腻了的顽童，无意间发现了一片清新典雅的园子，而K不是，他与生俱来是园子里的人。他道行是要比我高深许多的，现在的社会越是发展反是越显得他出奇另类了。我知道老K是真正的乐在其中而非作秀，这样就很好。

不过老K说自己也是一俗人，每次熬夜之后透过上海早晨的浓雾看到日益清晰的金贸大厦的那一刻，浑身也会充满了要拼搏要赚钱的力量。在我看来这并不是矛盾的一件事儿。

老K的拿手好戏是说相声，经常有人请他到外面演出。用他的话来说就是：你可以说相声是下里巴人的东西，但相声绝对是门语言艺术。不是张

了两片嘴皮子没兔唇没大舌头就能说好相声的。我在MSN上打出了很大的一个不屑一顾的表情。把老K给逗急了，嘿，小丫头你还别不信，不然我打电话给你来一段，立马让你趴下。我就给他号码。结果电话刚一接起来，就听见好长一串的什么吃葡萄不吐葡萄皮啊等等的绕口令接一个单口小段子，把我乐得还真是趴在沙发上捂着肚子闷笑。

听见我笑了他得意极了，"真是相声的魅力啊，小丫头，服也不服？"

"服服服。"我在电话这头把头点得跟饿了几天的小鸡在啄米似的。实际上我笑的是老K那较真劲儿。

"以后愿意听相声了，就支一声啊，哥哥给你使活儿。"

我学耗子："吱……"

"唉、唉、唉……"老K就发出了本篇开头所介绍的那种声音。

后来我心情很糟的时候就给老K打电话，他一听我的口气不对，也不仔细问我为什么，如果我愿意说，他就听着，如果我半天说不出什么来，他就开始说相声给我听。每次都能让我很快地安静下来，虽然也不至于立刻忘了所有就快乐起来，但是起码就可以拿着听筒微笑了。所以老K比我身边的很多人都更了解我的烦恼和忧伤。

时间长了我就发现其实老K有一点的口吃。但他一说起相声来，简直就跟变了个人似的。其实有的段子我早就听过了，有的包袱我也早就见过了。可是听他重新说起来，就是要变得跌宕起伏一点，引人入胜一点，更有趣一点。我把这个感觉告诉老K后他更得意了，说："知知知道么，这就是本事。"我说："知知知知道了。"然后他又是"唉、唉、唉……"我仿佛能透过听筒看到老K无奈地摇晃着他的脑袋。

得到了我的认可以后老K就更加的口吐莲花，余音绕梁了。甚至自己创作新的相声出来表演给我听。

那次一时兴起，我就问老K，你说，说相声的人，他自己快乐不快乐？也许今天他家里正出了什么事，还要出去装男扮女地表演相声，逗大家乐，多可怜啊。他说是啊，每次我出去演出，我妈都不去看，她说舍不得，总是在家做好吃的等我回来犒劳我。

我顿时觉得自己很自私。通过电话我从来都是诉说自己的事情，然后在老K那里得到分析和抚慰，可我从来没有问一句，你今天心情怎么样？或者，最近有什么事吗？我居然把老K的善良和热心当成了一种理所当然。

我说，老K，对不起嘛。

他说，你傻啦？

高考分数下来，我在知道志愿撞了车了的日子里总是会掉眼泪。急得老K就在电话那头一个段子接着一个段子地说，他说："小丫头，你好歹稍微快活一点儿，我快把箱子底都翻完了啊。"

K 电话里的相声
在下一个路口

　　我还是提不起劲来，不好意思地回答："好了好了，难为你了。"

　　"累死我了，刚才我还才从百盛买了双运动鞋回来。"

　　"百盛，等等，什么柜台？不会是四楼的匡威吧？"

　　"耶？你怎么知道的，对了今天匡威还做优惠活动呢！"

　　我摸了摸手边才从百盛拿回来的匡威优惠卡，轻轻地笑了。"呵呵。"

　　"怎么了？你又在那儿啊？"

　　"嗯。"我老实承认，反正他也见怪不怪了。"你说，我们怎么老是遇不到呢？"

　　"嗨，小丫头脑袋瓜里，别，别想那么多，等，等你啊不用听相声就能自我调节情绪的时候就能遇着了。"

　　我也是这样想的，等我准备好了的那个时候，我们就会微笑着相遇，而不是又在时光和空间的洪流中匆匆擦肩而过。

　　也许，就是在下一个路口，我就能遇着我电话里的相声。

L

LEAVE

我总是这样在不停地离开，
每一次的到达就意味着又一次的离开。
我的归宿就是我自己。
我是这样永远走在路上的女子，
记忆是我惟一的行李。

有的时候会怀念起来那一次为期三天的出逃。

还有佳生。

久在樊笼里，复得返自然。

是到了要和城市短暂告别的时候了。他们说我说这话的时候笑得有点阴险。嘿嘿。

1

我是在星期五的数学课课间休息时分突然想离开城市的，去一个原始单纯的地方。这个想法似乎从我的脑袋里"蹭"的跳到我眼前，逼迫着我，完全没有考虑到安全等问题，心里只有关于离开的喜悦。索性放学后独自推开了这里最好的一家旅行社的门，微笑地告诉他们，我想明天出发，地点不限，要找一个地陪。接待我的小姐微微有些吃惊，在她眼中，我大抵不过是个草率卤莽的孩子。

L LEAVE

最后确定的明天的目的地是天柱山。据说是原来的五岳之首，现在却很少人了解，或者说很少人愿意了解。这一来我便就想去看看它了。看看那些辉煌被岁月尘封的容貌，是不是有点寂寥又有点倨傲。

　　我只有一个晚上的时间准备行装。

　　从快打烊的超市里拎了一大袋食物，酸奶，法式蛋糕，葡萄汁，黑加仑糖。付钱的时候不免有些自嘲，我的胃到底是城市养大的。心想叛变了，胃仍然忠贞不二。然后顺路去小书店找本书陪我上路。一眼就瞅中了李碧华的《霸王别姬》。封面上张国荣恰当的眼神让我想起几年前的自己醉心它好一阵子的样子。电影是早就看过的了，如今才看到原原本本的叙述，有点相见恨晚的味道。这样的故事挺有阅读的快感，可以陪我在路上走。最后是去把一头弯曲的头发烫直，这似乎是我每次启程前的一个小小的习惯。希望旅程能和头发一样变得柔软顺滑又富有光亮。

　　合上眼的时候，已经近一点了。不想去幻想明天的旅程，因为旅行是可以把握的事情，最终还是要回来的，若是回不来，那也不是我能控制的事情。所以一夜无梦。

　　药，带了。换洗衣服，带了。钱包，带了。食物，带了。亲爱的妈妈，我要离开一会了。我俯在她床头轻轻地说。风从窗帘外吹来，吹起我披肩的头发，抬头看，是让人心疼的蓝色。天蓝蓝的日子，我在路途上行走。

2

　　穿过熙来攘往的街道，我看到一排相同面貌的客车。他们载不同的人，去不同的地方，但是此时，却很默契地靠在一起。和人一样。上车后，本来不熟识的人们，因为有一样的目的地，立刻显出同甘共苦的模样。天柱山坐落在的是一个无名小镇，所以去那里的客车多半都是当地的在外打工的居民。车厢里横竖放了不少扁担，好像还有一笼鸡。气氛庸俗热闹。在车上拣靠窗的位子坐下，和周围的人们略微打了个招呼，就立即带上耳机。放的是的比约克的新CD，买的时候有些怀疑，怀疑我是否能一直与这个来自北极圈内的出色又疯狂的女子同步。她实在太精彩，接受采访时迷乱地回答："今天星期几？星期二我不谈音乐，我的音乐没有什么要说的，我有时歌唱草药，有时歌唱苹果。"这是我见过的最精妙的回答。漫长的燥热等待之后，车子终于发动。同车的所有人都有些兴奋。

　　他们为回家而兴奋。

　　我为离开而兴奋。

　　楼房看不见了，后来稻田也看不见了，只有看不到尽头的水泥路。

奔驰的感觉很好，车子和我，是两个人的愉快。车上有放最近很流行的VCD，《我的野蛮女友》。旅客不时地发出整齐的笑声，粗鄙，但简单快乐。推开窗，风呼啸的声音冲击着耳膜，突然想起最近看到的一句好话"没有我不愿意坐的火车"。的确，坐车的过程本身对于我来说，就是一种享受。

打电话给我的好朋友念念，兴奋地通知："我在去天柱山的路上呢，记得老师点名的时候帮我答到啊。"电话那头断断续续地传来念念不温不火的声音："可是，我在西安还没回来呢。"愣了一下，既而捧着电话笑了起来，果然都是有趣的人。

突然想到这次也不是一个人的旅程，那一头旅行社还安排了一个当地导游，也就是地陪。这样偏僻的未开发好的风景区里地陪一般都不是正规导游出身，只是当地某个闲来无事又老实可靠的人而已。有点期待，汽车把我带到哪一个陌生人的面前。

3

四个多小时的车程终于在我将要昏昏欲睡的最后一刹那结束了。摇晃地站起来，一身的酸涩。原来只是坐着，也是辛苦的事情。大包小包地从破旧的凯丝鲍尔里走出，然后各自逃窜。十年修得同车坐，好缘分果然来得快去得也快。

"请问是XX旅行社来旅游的学生吗？"一个约莫跟我年纪相仿的少年径直朝我走过来，递给我旅行社的委任书。这大概就是我的地陪吗，看起来这样的年轻。一下子就不太放心起来，因为在危险面前，我是愿意相信有经验的人。

少年解释道他的父亲是和旅行社搭档的地陪，前几天下田时闪了腰，一直在床上休息。所以他来代替接待我。"我的名字是佳生，如果你相信我的话，我就带你回家。"我看到他鸽子般灰色的眼眸平静真诚，况且眼下也没有能立即采取的措施，便跟着他走，

"好吧佳生，你家有多远呢。"

"不远。"

"是以你的速度衡量不远还是以我的速度衡量不远呢？"

"以你的。"

"是以我精神和体力饱满时的状态来衡量还是以我情绪不佳体弱多病时的状态来衡量呢？"

"……"

他笑起来时牙齿很白很整齐。

有的时候周围的人实在无趣得很，只有自己找点乐子哄着自己开心，我还能贫嘴，就说明我还没有对这个世界完全失望。虽然它从来未符合过我的想象，不过也无所谓，反正我总是路过，总是离开。

果然他家离车站不远，在行走的过程中只互相交换了姓名和年龄之后就到了。陈佳生，因为母亲单名一个佳字而得名，十七岁，在镇上读高中，家里忙的时候就回家帮忙。还算面目清秀，只有一副结实的身板才提醒我这到底是山里长大的孩子，最让我暗自赞叹的倒是佳生的态度，不卑不亢

的。

　　佳生的家是独门独户的一座小小的两层宅院，既是住家又作家庭旅社招待游人，门前有浅浅的小河，院子里栽了桃树，有鸡舍也养了狗，绿水人家绕。我的客房在二楼，在被带到房间的第一时间，我卸下硕大的帆布背囊，"扑通"一声倒在床上，却被硌得生疼。一时间恍惚了，到底不是家里的席梦思。

　　再醒过来就到了吃中饭的时间了。桌上有毛豆腐、咸鱼和闷排骨等等。都是些我没见过的农家做法。一边好奇地询问做法一边狼吞虎咽起来，不是那种精致的可口，而是很粗糙的最单纯的好吃。吃得我心满意足，捧着碗冲一桌子人微笑。这个时节是天柱山旅游的淡季，所以整个家庭旅社里只有我一个因一时兴起莽撞而来的游客。佳生领我上山，绰绰有余。

　　啦啦啦，吃饱了就可以出发啦。

4

　　去天柱山的路上坐的是破旧的小面包车。山路还没修好，一路的颠簸。过桥的时候上来了一个年轻的僧人，是去山脚下的三祖寺的。他轻拉着袈裟坐在位子上，捻着菩提佛珠，神色平静，眉宇透着英气，是很硬朗的英俊。我向来不敢和僧人说话，觉得充满机关的箴言，谁听谁死。于是安静地坐在佳生旁边闭目养神。

　　山脚下遇到一只野猫，太小了，身子一阵阵地颤抖。黑白相间的皮毛，绿色的眼睛，弓着背挡在车前。想起了费雯丽，都是一样的高贵神秘却有一点点粗俗野蛮，咻咻的气息。从车上下来，山就在眼前了。没什么开发的痕迹，只有一条古朴的石阶递到你面前。佳生说，上山只有这一条路走。

石阶很窄，却很高，走起来很辛苦。前一段的路是枯燥的，周围都是同种灌木，暴烈的阳光穿透树叶的密缝，斑驳了一地，让人迷失的感觉。倒还真的是"蝉噪林愈静，鸟鸣山更悠"。一路上都能听到自己起伏呼吸的声音，身体也有些摇晃。佳生总是在我前面走，时常回头问要不要休息一下。

山路到了青蛙石的时候陡的开朗了起来。站在貌似青蛙的巨石上，周围的树林郁郁葱葱，风呼啸而过。我喊了声佳生的名字，他回头，短短的头发和干净的白衬衫被山风吹起，面带清净的笑容。这个时候的我，只是山间一个路过的女子，眯着眼看所有。

到底还是在城市里娇生惯养的身子，看着还有那么多往山的台阶还是撑不住了，在索道站上和佳生分了手。我花20元坐索道上山。是漏天的吊椅，双脚可以随意地摆动，底下有松鼠在树丛中穿梭，尾巴火红色的光亮一闪而过。身上的汗凉了下来，微微有些冷，山上的风飕飕的，没有了地面上闷燥的热气。从索道下来，佳生已经站在那里等我了。真是惭愧，人家倒还比我乘的机器快。于是紧紧跟上，不愿再掉队了。一路上言语不多，正是我想要的，素来不喜导游倒豆子般的把背了无数遍牢记在心的导游词灌进我的耳朵里，这样自己走走停停看看，才舒服。佳生一般是安静的，只有在些危险的路段提醒，或者我提问的时候做些简单明了的回答，我们相处融洽。

佳生说如果要到达天柱主峰，就必须经过神秘谷。谷里很黑暗，只能摸着石壁前进。脚下却有水声，细细地淌，有着久远的气息。"小心碰头。"佳生走在前面提醒。在依稀的亮光中，突然发现了一株绛紫色的野花，脆弱的花瓣如同婴儿的嘴唇，在巨石的一侧陡的延伸开来，枝叶相思般的柔韧漫长，仿佛生命的脆弱与坚强。

　　走了有五分钟左右，突然眼前明亮了起来。发现自己站在一个只有两人宽的石板上，两边是万丈深渊。腿在不自觉地颤抖，佳生早就都过去了吧，只有我还在这里颤抖。忽然一阵急风吹过，我赶快屏住呼吸，身体变成了一张纸，几近石板的边缘。人往往在没有任何条件时才会爆发出超乎寻常的能力。深吸一口气，猛地冲过去，跑出了一段路才敢回头，已是一身冷汗。回过头来的佳生奇怪地看着一头冷汗大口喘气的我，哪里知道我才做过一场有关生死的搏斗，呵呵。

　　终于到了顶峰了。不由得深深地自嘲，发现自己着实可笑，自然是如此深邃厚重的美丽，而自己一直为都市的纸醉金迷疯狂不已，做困兽之斗。这个时候佳生安静地和我并排地站着，在等待所有的瘴气全部消除，一睹天柱绝顶的容貌。望下看，山叠着山，有泉水涓涓地流淌，没有过多的游客，山林还是寂静的，太阳摇摇欲坠，最后的一抹金黄撒在山间幽灵的白云上，荣耀大地。感觉到胸口气息的翻腾，于是朝着落日大喊了一声。整个山回荡起此起彼伏的回音，回头看看满目笑容的佳生，山顶的风呼啸而过，我觉得温暖。

　　云终于散去，请别人替我和我年轻的导游在主峰前合影。眼前的天柱山让我明白，原来完美也是一种暴力，我感觉窒息。

　　爬山的辛苦似乎一个热水澡就可以消除。毕竟我还是年青的身体，有不在乎的资格。我穿着从家带的睡裙，坐在天井里用大大的浴巾擦湿漉漉的头发。佳生家里的其他人在堂屋里围了一桌打扑克，最普及的大众运动大概就是扑克吧。一边等待头发干，一边翻开读了一半的《霸王别姬》，回忆起小楼和蝶衣的纠葛，很快就忘了周围。李碧华的文字真是柔软，看着心里很舒服。

　　不记得过了多久，屋里安静了下来，有输有赢的人们都散回到各自的房里。佳生换了干净的蓝色棉布衫坐在我旁边，把书面翻开来看，"婊子无情，戏子无义。婊子只该在床上与情，戏子也只该在台上有义。"但凡看过《霸王别姬》的人总是会无比响亮地念出这四句来，佳生摇起头来抿着嘴笑，他说，小巧而已。随口聊了几句，我就开始暗自惊讶乡村间成长起来的少年也是可以有这样的读书功力。书是不想再看下去了，于是起身拿了瓶水，一起出去透透气。

　　小镇的夜晚是无语的，街道冷清，偶尔有野狗从马路中间趾高气昂地迈过。低头一路踢着小石子往前走。天上月亮明亮得很让人向往。

　　"带我去你的老地方吧？"

　　"什么？"

　　"就是，老地方啊。每个人总会有一个老地方，别人问你去哪里了，你就可以回答，老地方。我想去你的老地方看看，可以吗？"

　　佳生带我走了很久，到了一片草坡背后，那有几间破损的土墙房子。

"这里，大概就可以算是我的老地方了吧，"他微笑着抚摩门板上木条的裂痕，告诉我这是这个村子里惟一的一个学校："没有事的时候，我就来这里看看，我在这间房子里从小学一直读到初中，在这里看了第一本书，写了第一个字，所以，很有感情。"

趴在纸糊的窗户望里面看，真的是和电视里看到的希望工程差不多。而自己却是因为在窗明几净的学校里上课上腻了，才逃了出来，真是有点嚣张过分。

我们就坐在学校门口的操场上聊天。佳生告诉我说毕业了以后他大概还是会回来教教书。"虽然很想去外面看一看，去高等学府里听课读书，但是我想要是以我的水平能给这里的孩子们讲好基础知识的话，做好基础教育的普及的话，就像一只木桶，一块板子长其他板子短的木桶比所有的板子都中等长的木桶能乘的水要少很多，所以应该还是划得来的吧。"几年后的今年，我还能回忆起佳生望着月亮愉快地笑着说的这些话。那种干净的神态植进了我心里。

临回去之前，想在"老地方"留下点什么。于是随手抄起地上的红土块，凑着月光在学校的土墙上认真地一笔一划写下："山不在高，有仙则名，水不在深，有龙则灵。斯是陋室，唯吾德馨……"整整写了一面墙。

佳生送我回了房间，在我道晚安之前，他说谢谢。我说不谢。他说还是要谢谢。我说就算是特邀老师上的一节语文课嘛。最后彼此都笑了。

6

我是到了早上七点多钟才迷迷糊糊地醒来，看到门口坐着穿戴整齐很早就来等我起床的佳生，有些不好意思。草率地吃了早饭，都是从城市带来的食物，而且因为贪吃，临走时在超市里买了很多，所以把没有吃完的带到路上。下楼梯的时候佳生说今天我们可以去天柱山那一头的天险河。

　　漂流，是个致命的吸引词，对于我。一萧一剑地斜卧在竹筏上，在漫天飞舞的桃花中顺流而下，我衣白胜雪地浅笑着飘向天涯。这样的梦做了太久太久，今天能够实现，竟让自己慌张了起来。

　　车子沿着河道朝着漂流的起始处开去，我一边嗅着河水的湿气，一边闷着头吃果冻，当第13个水晶之恋入口后，我看到了一排整齐的竹筏，有修长的竹篙，年老的艄公，和我想要的一模一样。跳下车子，立刻被一群小孩围住了，有着小麦肤色和红扑扑的脸蛋的质朴的孩子们，他们向旅客兜售的，是自做的水枪。要价很低，只一块钱而已。水枪是用一节幽绿的竹子做成的，一抽一拉就可以喷出水来。佳生帮我挡住小孩，用当地的方言跟他们说不要不要。我拉住他，"反正是要漂流，肯定会湿的，现在又有了现成的游戏工具，不是很有趣嘛。"还是掏了钱买了一个扎羊角辫子小女孩手里的水枪，把手里的果冻也分了她几个。那翠绿的颜色真是让我很喜欢。突然间觉出了残忍，我买来的是乐子，对于那些幼小的农村孩子来说，也许就是生计。他们本不该承受那么多，亦或者，是我承受得太少了。

　　竹筏中间放了很多小板凳，拣了靠边的凳子坐下。等人陆陆续续都齐了，艄公轻地一推，筏子就漂向了河中间。穿球鞋好象不太合时宜，筏子上就没几个穿鞋的，索性就把鞋子脱了，光着脚踩着筏子溅起的浪花，接触水的清爽和豁达。艄公开始哼起黄梅调，是黄梅戏里的《打猪草》。因

L LEAVE

为奶奶在戏团的缘故，这些旋律听起来很是亲切细腻。毕竟是山里，天气稍微的凉了一点，有风吹你的头发。比起昨天游山的辛苦，今天的玩水倒是很惬意的。

竹筏遇到了一个湍急的河口，猛烈地摇摆起来。有小孩子发出叫声，我也有些心惊。到底是第一次的尝试，还是不太放得开的。不过漂流的刺激之处也就在此，所以稍安毋躁吧。河水纷纷围着河中的石头打着旋儿，那些是早也没了棱角的石头。听艄公讲，古代人力开天险河道的时候，死伤河工无数，那些河中的顽石上，有些还留有脚印。仔细留意了一下离我最近的那块石头，果然看到了触目惊心的印记。

佳生说，由于前几天的暴雨，河水上涨得很快，于是大家必须下竹伐，由苦力拉着空筏子过了水最急的河段，人们才能再上船。所以我只好跟着他拎着鞋子往河边的细沙滩走。沙子很柔软，且细腻，被太阳晒了暖暖的温度，走在上面很舒服。脚陷到下面，沙子就变得潮湿冰冷了。沙滩上有很多贝壳，和童年时代爬工地的沙堆时见到的一样，灰褐色的斑纹，很小，能在开口里面发现晒干的尸体。随手捡了很多，拢到一起，用手深深地挖了一个坑，把所有的贝壳倒了进去。埋葬。在我凝神看着洞里的贝壳时，一回神，发现坑已经被封上。除了多了一行不属于我的脚印，一切风平浪静，仿佛刚刚我所有的行为都是虚无。顺着我身旁的脚印，连接的是远处微笑着的佳生。

到底还是十几岁的少年，佳生矫捷地几步一跳就到了河中间的石头上，回头冲我兴奋地挥手，招呼我也过去。石头很滑，不容易走，我的脚步不太利落。忽然听到身后有人喊，于是转过头去，"小姐，前面的石头滑，要当心哦。"是一个村妇打扮的老奶奶，微笑着扇着面前摆了一排的西瓜，是卖给游客的。她给了我这样清晰的关心。小心翼翼地来到了最靠近河中间的石头上，张开双臂，突然觉得自己是《大河恋》里的人物。对这陌生的水，我有了乡愁般的感情。

再回到竹筏上的时候，已经接近中午了。筏子慢慢地往回去的路上摇。遇到了刚刚出发的另外一只竹筏。于是大家很默契地端着水枪朝对方扫射，玩得很痛快，是那种不管不顾，歇斯底里的痛快。

这种痛快也只有从陌生人那里得到，因为我们是彼此的陌生人，不需要为对方负任何责任。

7

在天柱山的最后一顿饭是在佳生家里吃的。坐的是长凳，桌面油腻腻的光滑着。很快菜就端上来了，榨菜，算一盘，咸鸭蛋，算一盘。数数也有了十一二个碟子，满满地摆了一桌子。桌子旁的架子上，有脸盆装着的米饭。玩是很容易饿肚子的，而且又是最后的晚餐，所以我吃了很多很多。陈妈妈突然抱着一只鸭子走了过来，笑着说："来啊，看看，你吃的蛋，就是这一只鸭子下的呢！"我好奇地摸了摸鸭子的脖子，又笑得趴在了桌子上，心里想钱钟书啊钱钟书，我今天可真是吃了鸭蛋，又见着了下蛋的鸭子。

三天的相处，对这里已经有了感情。回自己房间收拾东西时心里还是有些不舍。可是我想我也不会再住下去，毕竟城市里有太多太多无法割舍的牵挂，再说再怎么住下去，我，都还是这里的陌生人啊。还是回家吧。回家。

可是家到底在哪里。

佳生送我到了车站，一直到车开动了才离开的。我从窗户里向他说再见，可是我知道我们大概不会再见了。夜色中，我又离开了天柱山，离开了佳生。

我总是这样在不停地离开，每一次的到达就意味着又一次的离开。我的归宿就是我自己。我是这样永远走在路上的女子，记忆是我惟一的行李。没有我不愿意坐的火车，也没有我愿意停留的港口。

我经过幸福再离开幸福，我经过痛苦再离开痛苦，经过和离开生命中的所有。如果我还有快乐，让风吹散它；如果我还有悲伤，也许吧。

回到城市里以后就忙着把照片洗出来，照片上山水宁静，可是我们的面孔不能看得很清晰，合影上我的长发和佳生的白衬衣被风吹起。

我把合影寄给了佳生，却没有留下我的地址。

因为只有短暂的情缘，是模糊而温暖的。

M

我盯着那个起伏的M字母，
突然就看到了遥远的那座M型的山坡，
还有那个男人的脸。

再见武家坡

> 我的爱情我的梦想我的生活我的一切的一切，都于今日的武家坡。灰，飞，烟，灭。

我的好朋友诺诺说我最近写字母书写得脑袋错乱了，得了字母综合症，症状是但凡看到和26个字母有关的东西就会迅速产生无限联想陷入假死状态，所以下午打电话来非要拉我出去消遣一下说是给我治病。

其实就是让我充当苦力陪她逛了一下午的街，最后实在是饿得走不动了才进了一家麦当劳休息。酒足饭饱以后，诺诺指着麦当劳巨大的黄色M招牌笑兮兮地说想到了一个色情的大屁股，"喂，字母综合症患者，你想到什么了啊？"我盯着那个起伏的M字母，突然就看到了遥远的那座M型的山坡，还有那个男人的脸。

我在武家坡已经住了一十八个年头。

每天都重复着同样平淡枯燥的生活，挑水，种菜，荆衣布裙。如死水一般的寂静，散发着腐朽的气息。一日复一日，一岁催一岁。

夜里再一次醒来，披了件棉衣安静地坐在床上不言不语，窗外的月光碎碎地洒在寒窑的地上，我抬起头望着高悬于天空的月亮，不由得想起，曾几何时，我也是如月般高贵皎洁。

那个时候大家叫我三小姐。

十八年前。

今天是个晴朗的好日子，整个长安城里的百姓们都兴奋地热闹着，奔走相告，相府里的三小姐要在绣楼抛绣球选姑爷了呀。

"宝钏，我儿，准备好了吗？"娘喜气洋洋地走进我的闺房，扶着我的肩说。我望着菱花镜，认真地描上最后一笔眉，镜子里出现的是一张精致绝伦的脸，高耸的云鬓一丝不乱，俏皮地斜斜插了支金步摇，肤若凝脂，口如朱丹，眉也横翠，目亦含情。我朱唇轻启，浅浅地对着自己微笑，"娘，我，准备好了呢。"是的，在遇见他的那一刹那，我，王氏宝钏，就早已经准备好了今后的一生。

"哦……出来了，出来了呢！"

"真是犹如婵娟下凡啊！"

"别挤我，这个好位置可是我一大清早起来排队才占到的！" "呦？李公子穿得这么光鲜是不是志在必得啊？"随着两边丫鬟把珠帘拉开，人群就炸了油锅似的沸腾起来了。"小姐，"翠儿捧着盛放着绣球的托盘轻轻走到我面前，微蹙着眉头显得有些忧虑，她俯在我耳边道："小姐，您真要这样做吗？他不过是个……" "乞丐是吗？呵呵。"翠儿是知道的。我记得这句话，在我轻轻地把手上的水晶双凤镯褪下来放在乞丐的破碗里的时候她也这样问过。

我捧着五彩金线描绘的红绸绣球站在高高的绣楼上轻移莲步，眼波流盼，我的目光穿过了那些为了功名富贵伸得很长的手臂和为了荣华金钱拼命拥挤的身影，遇到了一双略带有邪气又比任何人都温柔的眸子。是你来带我走了吗。我微微低下头，双颊如红云火烧，无限娇羞。

那双眸子。

我用力地把绣球朝着那双眸子的方向抛了出去，人群尖叫着推搡着，可是我的脑海中一片寂静，我凝视着在空中翻滚飞舞的绣球，关于他的往日种种一幅幅地如皮影戏般缓慢地回放着：

下雪天里，我穿着大红猩毡子的斗篷带着翠儿出门赏梅，看到一个衣衫褴褛单薄的乞丐手拿树枝在雪地上写诗，好奇上前观看，竟不由得轻声惊呼，好书法，好诗句。他闻声抬头，那是我第一次见到他的脸，一张在脏乱潦倒中却也挺拔俊朗的脸，一双略带着邪气却比任何人都温柔的眸子，正怔怔地望着我。我于是立刻羞红了脸，以袖遮面。

"啊，王小姐，在下失礼了。" 他笑着开口，声音温和淡定。

"你，怎么知道我是谁？"

"呵呵，长安城里谁人不知德才兼备，貌艺双全的王三小姐。"

"可我，却不知道你是谁呢。" "在下，薛平贵。"

薛，平贵吗？我暗自记下来，我想那一刻起就决定了一切。

昨夜月色下，我把腕上的水晶双凤镯轻轻的褪下放在他的碗里。

"明天，你会来吗？"

"小姐错爱。"

我看着他的眼睛一动也不动，半响，很小声又很坚定地问："我错了

吗？"

他笑了，眉宇间无限温柔，"宝钏。我不会让你错的。"

绣球滚动着飞舞着，在晴朗的天空中划出美丽的弧线，当它轻轻地落在平贵的手中的那一瞬间，我甚至觉得那并不是一只绣球，而是我那颗承载着有关爱情的梦想而跳动滴血的心。

但对于父母而言，那相当于一颗炸雷。

相府的千金小姐要嫁给一个乞丐？真是滑天下之大稽。好言相劝，危言相逼，事情还是在我的预料之中走到了最后一步。好吧，如果我不是相府的千金三小姐就可以跟随我的爱情，那么我选择爱情。我站在雕栏玉砌的堂厅里，当着怒不可遏的父亲和泪流满面的母亲的面，一件件取下来身上昂贵的首饰，猫儿眼，翡翠如意，蓝宝石，金锁片……我要卸下我的所有，去投奔我的爱情，当我一脸决绝地从相府的门口跨出去时，我听见我过去的生活犹如华丽冰冷的城墙轰然坍塌的声音。直到现在我也能平静地说，我不悔。

只因为他说，我不会让你错的。只因为我，在劫难逃地爱上了他。

寒窑虽破能避风雨，夫妻恩爱苦也甜。

那段十八年来惟一可供我回忆的甜蜜短暂的日子。他总是不忍我在刺骨的冷水中洗衣，总是说麻布粗衣遮不住国色天香，总是轻轻地唤我，宝钏，我妻。随军远征前的那一天他说，宝钏，等我，等我回来证明给你看，我不会让你错的。我就等了。心甘情愿地等下去，只因为他这样说。记得以前请先生回来讲《诗经》时里面有这样的句子，"士之耽兮，犹可脱也，女之耽兮，不可脱也。"十八年了，当时的相府三小姐懵懵懂懂，如今寒窑的王大嫂却能解其中意。一个女子最好的岁月，我都是在漫长幽叹之中过去。我让大雁捎去西凉国的血书一去也音讯，可是我还是相信，我夫是不会让我错的。

　　想到这里，天已经渐渐显现出灰白的颜色，雄鸡打出第一声嘶鸣的时候，我照了照水盆中枯黄憔悴的面容，穿戴整齐地出了家门，幽幽往事被锁在寒窑之中肆意地沉默发酵。

　　我有预感，今天会有什么事情发生。

　　等我从菜地里摘完菜往寒窑走时，隔壁大嫂对我说，有一位从西凉国来的军爷来找我，顺着她手指的方向，我看到了那个身影，顿时心里犹如闪电雷劈，万千悲喜一起涌在胸口，竟不能言语不能走动，只呆呆地颤抖着。平贵，我的夫啊，你，你回来了，是来带我走的吗。

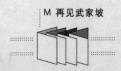

"这位大嫂，可是王氏宝钏？"

"正是。"我回答得有些羞愧，十八载的风霜刀剑已把当年如花似玉的小姐打磨成糟蹋的妇人，他认不出我来了。毕竟，败柳之姿，难侍君子。

"你家夫君，我的薛大哥这几年命运不通，在西凉营中受了苦刑。他在军营中失落了一匹马，因为要赔马借了我十两纹银。本利算来二十两，并不曾还我半毫分。我那一日过营把帐讨，他就说道长安城有一个王氏宝钏。他无钱便把妻来卖，把你卖给了我哦。"他微笑着微微欠身靠近。

"什，什么？"听了此言，我跌坐在地上。仔细地想，这是为什么？

呵呵，我明白了。我全明白了。平贵以为我未认出他来，就冒充他人调戏于我来试探我的贞洁，若我言辞拒绝，十八年来守身如玉他才肯上前相认，倘若不是，我便成了他腰里宝剑下的魂。

"哈哈！哈哈哈！哈哈哈哈！"我狂笑着，平贵，你不信任我？你要考验我？你不信任我们的爱情？还是，在你心里，我的贞洁要比我的爱情来的更重要？这就是我十八年苦守寒窑等来的结果？

"大嫂，随我走吧。"他疑惑地扶起坐在地上崩溃的我。

"不要碰我！"我躲开他的手，犹如负伤的野兽般悲嚎着。那双手，那双无数次温柔地抚摩着我的面颊的手，那双引领我走进我心中的爱情神殿的手，现在，却成了试探我贞洁的武器。

我指着天高声地骂，天啊，我舍弃一切就换来今日？那么我情愿无休止地等下去，等到老，等到死。我骂，我骂西凉国，我骂薛平贵，我骂这十八年，泪流满面。

可是他脸上的笑意却越来越明显。呵呵，你以为我是捍卫我的贞洁而骂的吗。

我不要再看到这张脸了。转身飞奔进寒窑里面锁上门。我靠在破旧的门板上几近崩溃。

"宝钏，你开门，宝钏，是我啊，我是平贵。"他终于肯亮出自己了，呵呵，我通过你的检阅了吗。

"平、贵？你怎么证明你是？"我颤抖着，从嗓子里一字一顿地挤出。

"宝钏，你看，这是我从大雁上取下来的血书，你看看啊。"

我捧着从门缝里递来的血书。我关于爱情所有的期盼所有的梦想，如同血书上的字迹已经褪色，模糊不清。

呵呵，呵呵。眼泪已经干了，我的整个人也仿佛掏空了，眼前的景象逐渐模糊，身后的门板还不断地传来了他喜悦的声音：

"娘子，我发迹了！我现在是西凉国的王爷，将来，将来有朝一日登上金銮宝殿，你就是我昭阳正院的皇后娘娘啊。宝钏，宝钏你开门，我知道这些年苦了你了，可是，你看，我并没有食言，我不会让你错的啊！宝钏……"

不会让我错的吗？

平贵，你错了。我也错了。

你错在你以为你不会让我错，我也错在我以为你不会让我错。可是错了，错了，错了。平贵，你可知道，如果我要的是这些，当年我不会放下我的所有，我的地位，财富，甚至亲情跟你走。我只是，只是想要一份我们一起创造的爱情，只是想要你，一缕信任的眼神。

我感觉身体越来越轻，缓缓地闭上了眼睛，我的本意并不是要留给后人一个王宝钏苦守寒窑十八载的贞洁烈女的传说，可是我，已经无能为力了。

我的爱情我的梦想我的生活我的一切的一切，都于今日的武家坡，灰，飞，烟，灭。

再见，武家坡。

再见，我的那悲伤执着的无望守侯的远去的爱情。

恍惚中我仿佛看到天空中倪姐姐乘坐在一个巨大的卫生巾上，一个巨大的柔软的洁白无比的卫生巾，它扇动着美丽的护翼，带着全身散发出柔和光芒的姐姐飞向

倪姐姐的护翼

了遥远的另一个世界。

姐姐，我那温柔美丽的姐姐，我那高贵悲伤的姐姐，你说的那些话我已经可以明白了，

而你却走开了。似这般，都付于断壁残垣。

良辰美景奈何天。

许久不联系的初中同学打电话来，我想一定是有什么事情发生。

"你知道么？倪晨死了？"

"倪晨？死了？"

"哎呀，就是那个'姐姐'嘛。你忘了谁也不能忘得了那个变态吧？"

"啊，啊……"

我握着的听筒成了扭转时光的钥匙，把我内心角落里落满灰尘的关于倪姐姐的记忆全部打开，一切都回到五年前。

倪姐姐当过我几个月的初中同学。

据说是因为精神上有毛病所以留了一级，是插班生。在班里很少有人叫他的大名，因为他实在是像个女生，又比大家都大一岁，我们基本上都是在背后喊他为姐姐。他有着很白皙的皮肤，碎碎的柔顺的短发，修长的身材，声音温和细腻，五官总是略带哀愁。用那些坏小子的话来说，倪晨确

实就是个比女人还女人的娘娘腔。

所以在班里男生根本就不带他玩，而倪姐姐也并不喜欢踢足球啊翻双杠这些满头臭汗的活动，即使跟我们女孩子踢一会儿毽子也要停下来拿出口袋里干净的碎花手帕轻轻地擦额头上的细汗。

"真是变态。"大家都是撇着嘴摇着脑袋这么说，不愿意坐在他旁边上课，不愿意和他配对朗读课文，不愿意和他放学一起走路，不愿意和他分在一组打扫卫生，不愿意让他加入自己常态的生活，觉得姐姐只能是用来议论八卦和取笑挖苦的，来呀来呀，瞧他走路那扭来扭去的样子，瞧他翘着的兰花指。

当时我们还是只会顽皮不会宽容的孩子。其实变态只是表示不正常，就是所有人都吃苹果而一个人吃了梨子而已，其间并无关是非对错。

而我们都这样用了最简单也最残暴直接的方式和他敌对起来。只是因为，他和大家不一样而已。可是，为什么非要一样呢。

放下电话的我靠在窗台上望着窗外黑乎乎的夜，一时间不知道该做什么。

"不，我不要和他坐同桌！死也不要！"调座位的班会上，所有被抽到的"不幸"的男孩都一个接一个站起来气呼呼地向老师反对。所以到了最后，班长潘西同学主动地搬过去坐，因此还特别得到了老师的表扬。只有我清楚自己并不是全为了表现我是一个好的班干部，更多的是好奇。在我思考他是男是女之前，我的脑海已经被他忧伤的面容吸引了。我想了解他。当时我为自己这个想法而振奋不已，它对我的意义简直不亚于一场基地冒险。

我第一次坐到倪姐姐旁边时闻到的浅浅栀子花香，仿佛来自于一座花团紧簇大门紧锁的城堡。

相处的日子里，倪姐姐对我很温和。但是很多时候他都是紧紧地抱着自己自言自语，脸上显出疏离的神情。越是这样，我越是想要了解他，我敢说我从未有过这么深厚的渴望去了解一个男子。我总是无端的、慌张的、自作多情地觉得需要怜悯他，帮助他，却不晓得要从哪一个方面去做。他的美丽他的忧伤他轻握的手腕他含泪的眼光。我很努力地对他表示友好，安静地等待着，如果有一天，我可以见到整个花城的全貌。

在不知道同桌了几周之后的某个自习课上，因为老师不在而乱成一团。我和他也没有写作业，靠在椅子上聊天。我说起我童年的淘气趣事，逗得他掩着嘴唇不停地笑。我兴奋地煽动着他也说说自己的童年。

"我的小时候，家里人总是把我当女孩儿养。"姐姐微微侧着头，一边说一边拨头发，但那缕头发总是不断地掉落回他光洁的前额。"爸爸妈妈都希望我是女孩，总是帮我打扮，梳辫子，穿花裙子，买洋娃娃给我。于是我按着大家的意思成长，成了现在的样子。"我趴在桌子上看着他，他嘴角一抹微笑若有似无。"可是等我长大了，突然之间大家的意思又变了，又不欢迎我了。"

姐姐轻轻环住了自己，"你听过蝙蝠的故事吗？有一天各门各派的动物们举行盛大的聚会，蝙蝠去参加鸟儿们的聚会，可是它们说：'走开、走

开！你又不是鸟类，你有牙齿。'蝙蝠又去参加哺乳类的聚会，可是它们也说：'走开，走开！你不是我们一帮的，你有翅膀。'最后蝙蝠只能一个人孤单地走开了。我就是一只蝙蝠，在生命这场巨大的宴会面前，也许只能注定要走开。这个世界不符合我的想象，我变不了世界，也改变不了我自己，只能走开。"他的声音越来越低，最后变成喃喃。虽然只是似懂非懂，但我突然间就有种无能为力的感觉，像一碗涨稠了的米线粘粘瘩瘩地难过了起来，心里非常非常的酸，几乎要掉下眼泪来。

"小西，你也，讨厌我吗？觉得我，恶心吗？"倪晨微笑着摸摸发呆的我的头发。

"不，怎么会，姐姐。"我怔怔地回答。可话一出口又自觉失言，天啊再怎么说他也是个男生，当着人家的面叫人家姐姐实在是太没礼貌了。

他愣了一下，继而恢复了微笑，"姐姐么？呵呵。我倒是，真的希望能做你的姐姐呢。其实我一直觉得自己是个女子，也许是上帝将我的灵魂放错了皮囊吧。"

"姐姐。"我低下头，轻轻地在心里唤。

落日的余辉伴着下课铃声从窗子里洒进来，落在倪晨的身上，那一刻我觉得他真的很美很温柔很忧伤，就像一个姐姐。

可是倪姐姐还未等我成长到足够了解他，足够强大到能帮助他的时候就从我的生活中走开了。

那是一个早晨。我因为痛经痛得很厉害无法认真听课而趴在桌子上休息。倪姐姐看到我很不舒服的样子就问是怎么了。我就告诉了他，没有因为他是男生而觉得不好意思。的确，他是男生，但是他是我的姐姐，我温柔美丽的姐姐，我分享少女秘密的姐姐。虽然这个逻辑莫名其妙，但是我真的这么认为。

　　可是当时的我很奇怪，为什么姐姐的脸上显出了很羡慕的表情。他握着我冰凉的手，喃喃地说："小西，你知道么，我好羡慕你。我是多么想成为一个女子，可以像你一样，可以堂堂正正地痛苦。"我听不懂，我总是不能全部听懂倪姐姐的话，可是我觉得此刻的他悲伤极了。

　　"小西。"他像是鼓起了勇气似的凑到了我耳边，"能不能给我看看那个。"

　　"啊？哪个？"

　　"就是……我还从来没有真正见过。"

　　我的脸"刷"的一下就红了。犹豫了半天，还是从书包里掏出了一个，悄悄地塞到他手里。

　　姐姐简直是颤抖着地打开了那个卫生巾的包装纸，像拆礼物一样小心翼翼地展开它的翅膀。他细长的手指抚摩着卫生巾浅浅的凹槽，每一朵小小的印花，脸上的表情又喜又悲。

　　"姐姐，老师来了。"我听到老师逐渐清晰的脚步声，慌忙地推他。

　　可是他好像完全存在于自己的世界里。倪姐姐几乎是含着眼泪地，把脸贴在了卫生巾上轻轻地摩擦。"好软。"他轻轻地说。

　　我瞠目结舌。

　　"倪晨！你在干什么！"

N 倪姐姐的护翼

不知道什么时候班主任就已经站到了我们面前，涨红了脸像一头发怒的母狮子。"给我出来！"

班上炸了锅似的沸腾起来，怎么回事怎么回事怎么回事啊。前后左右的同学一叠声地问我，我咬着嘴唇摇摇头，胸口不知道是被怎样的情绪占据了，眼泪一滴一滴地打在木头桌面上，晕染开来。

倪姐姐被老师带走了以后就再也没有回来过。

有人说，他转学了。也有人说，他的精神病复发，去北京治病去了。

再没有人知道他准确的下落。

可我没有想到再得到他的消息的时候，已经生死两隔了。

姐姐，我那温柔美丽的姐姐，我那高贵悲伤的姐姐，你说的那些话我已经可以明白了，而你却走开了。似这般，都付于断壁残垣。

良辰美景奈何天。

躺在床上我辗转反侧，一直到东方微微的泛着鱼肚白的时候才迷迷糊糊的有些睡意，恍惚中我仿佛看到天空中倪姐姐乘坐在一个巨大的卫生巾上，一个巨大的柔软的洁白无比的卫生巾，它扇动着美丽的护翼，带着全身散发出柔和光芒的姐姐飞向了遥远的另一个世界。

他眼里的疼惜和嘴角的笑意在我的心尖上暖暖地渲染开来，

在倾盆大雨中照亮了一小朵的天空。

我突然觉得有种感觉像棉花一样柔软蓬松地堵在了我的喉咙里。

这种说不出的东西不同于父母之爱亦不同于恋人之情。

我和我的大嘴哥哥

我和我的大嘴哥哥，有着许许多多的故事。

其实生活本来就是一串故事。

故事的开头是网络。

我并不是个嗜网如命的孩子。不是经常上线，上网的活动也很单调，收收邮件联络一下几个朋友和亲人，下载一些最近流行的歌以免在KTV里木然遭众人鄙视，然后就去这个时期里固定的论坛里转。最近喜欢去的是一个几个学生自己弄的论坛，比较有趣。而我对事物和人最基本的标准就是是否有趣。所以经常去那里看看，看看亲爱的秋水是不是又坐在自己喜欢的学校里写了些优秀的文字，看看洋插队们的同志们是不是在遥远阴冷的国度里遇到了什么希奇古怪的事情，看看是不是又来了一些献身灌水事业的新的有趣的人，看看最近是否论坛又有什么BT的活动。于是常常是在深夜里，从无数的参考书中抬起头来，在床头打开电脑，一边喝水一边翻看帖子，看到好玩的地方就一个人在屏幕这边轻轻地笑。

论坛里的ID们叫我水草、水草、水草，用各种各样的善良的声音，一遍

一遍地叫我的名字。在我的帖子后面写一段一段云飞雪落的话。对于所有的这些，我都挺很感动的，不雨亦萧萧。

最重要的是，在这个计划生育的时代，我在这个论坛里结识了我的大嘴哥哥。

我的哥哥大嘴在坛子里的人缘很旺，是那种老好人的感觉，他最喜欢的解决问题的方式就是息事宁人，最喜欢说的话就是"何必呢，大家都是神仙嘛。"因为只有大嘴和我是来自同一所高中，而他比我高两个年级，所以坛子里的ID们总是把我和大嘴归为一个门派的。

我是向来反对见网友的活动，第一不安全，第二伤财。不过既然是和大嘴见面的话以上的问题就都不存在了，而且变得顺理成章，大家都是一个学校的学生天天都一起做操一起上课，无所谓安全不安全，当然安全，况且只要到我班级门口来喊我一声就可以见着面了，更不会伤财啦。

于是我和大嘴就在某年某月的第三节下课，在我们班楼梯转弯处历史性地会晤了。这次会晤让我得到的结论是，这年头说话算话的人真是不多，大嘴就是难能可贵的一个—— 大嘴的嘴果然很大，张开就和一个O型字母一样。而且他还非常乐意地演示给我看他是如何把自己的拳头吞进嘴里。

所以更让我相信，大嘴同志是一个好人。

大嘴有的时候没事就会到我的班门口找我玩，哪怕只是说上几句话。每次都会带根棒棒糖啊大白兔什么的。或者在中午路上遇见一起到学校旁边的小快餐店解决一下人民的根本问题。放学时的大嘴偶尔也会推着车陪我一起在车站等车，总之就一天天不近不远地熟悉起来。

大嘴是这样的男生，很典型的学理工科，家世正常不贫不富，气质纯正为人得体。跟他相处，不管是交谈，出去玩，或者有求于他都会很自然，像地下的泉水一般脉脉地对你好，却不让你受宠若惊，不带有异性明显的功利性质。一副温和可亲的模样。

　　后来有一阵子学校里特流行结拜干兄弟姐妹。因为大家都是独生子女，生活寂寞，向往手足之情。不过也有的是因为少男少女间羞涩的暧昧，以哥哥妹妹或者姐姐弟弟掩人耳目，自欺欺人罢了。我认识的就有很多女生因为和高大俊朗的高年级学长做了兄妹而十分自豪得意，在学校里招摇过市。

　　我记得我第一次叫大嘴——哥哥，是一个大雨滂沱的中午放学。

　　雨是突然下起来的，所以我也没有带伞，只能做敢死队状冲到的士站打车回家。不过正好在要出教学楼的那一刹那看到了前方不远处打着伞往外走的大嘴，于是抱着头护着书包嗖的窜到他伞下，唬得他一愣。然后又立刻很温和地笑着说水草肯定没有看天气预报吧，我撇着嘴不以为然，估计现在还天天看天气预告的就只有你和我奶奶了。理所当然的，大嘴打伞送我往车站走。不记得是走到哪里的时候，大嘴突然说停一下，把伞柄交到我手里，我举着伞纳闷地看着他，这个时候大嘴蹲了下来，然后认真地把我被雨水泡松的鞋带紧了紧，再站起来，拿过伞，拍拍我的肩膀说好了可以走了。

　　我怔怔地站在原地，这一系列动作在我的脑海里缓慢地一遍又一遍地回放，他蹲下身子，认真地给我把被雨水泡开的鞋带重新紧了紧，再站了起

来，从我的手中接过伞，最后拍了拍我的肩。他眼里的疼惜和嘴角的笑意在我的心尖上暖暖地渲染开来，在倾盆大雨中照亮了一小朵的天空。

我突然觉得有种感觉像棉花一样柔软蓬松地堵在了我的喉咙里。这种说不出的东西不同于父母之爱亦不同于恋人之情。当我正在百般思索的时候，大嘴摸摸我的头发说，你发呆的样子像我两岁半的表妹。

是了。是兄长。

是兄长般的对你好，像一杯温度恰倒好处的水顺着喉咙缓缓地流到心里。我傻笑着盯着大嘴，越看越觉得像自己的哥哥。张口结舌了半天，才挤出句谢谢。大嘴说不用谢，照顾水草妹妹是很自然的事情。

然后我就自然地叫了大嘴一声哥哥，我们也就自然的成了亲爱的兄妹俩，在计划生育的时代里扮成血缘之亲彼此关心照应。大嘴打球我就帮他拿衣服，我参加文艺演出大嘴带PIZZA HUT探班，诸如此类。有的时候，我的女朋友们会好奇地问，那真的是你认的哥哥啊？我就笑着说是啊是啊，那是经过我惟一认证的哥哥。有好事的就会多嘴地继续问，他不帅嘛，而且看不出来哪里优秀，你有没有搞错啊？我就笑得更加灿烂地说，是啊是啊他嘴好大吧，不过他会蹲下来帮我系鞋带。然后大家就不再讲话了，我知道那些女孩子们的眼里有些许的羡慕。那种羡慕就类似于我吃多了KFC的汉堡鸡翅突然怀念起一碗白米粥。

有的时候玩得晚了，妈妈知道大嘴也在就会很放心。的确，有这样帮你拦下出租车，先付给司机钱告诉他把这个女孩送到哪里，然后再记下车牌号，挥手和坐在车里的我说再见，并嘱咐我到家了发短信告诉他一声的哥哥，妈妈当然很放心。况且大嘴是超级妈妈杀手，几乎我们圈子里所有人的妈妈都喜欢他，我妈也不例外，总是盼着她的大嘴儿子打电话来的时候顺便聊上几句，三请四邀地叫他回家吃饭。的确，礼貌谦和的正派男孩子当然讨家长们欢心。

最近和大嘴在KTV里最喜欢一起唱那个阿牛的《我和我的四个妹妹》，大嘴说他这一个妹妹就包括了阿牛四个妹妹的所有优缺点。我也在心里计算着他的优缺点。我的大嘴哥哥不会花大钱给我买礼物，但是会仔仔细细的把最好的一张工程制图装裱起来给我做纪念，我的大嘴哥哥不会请我去豪华的酒店吃精美的粤菜，但是会在九点半出现在补习班门口送我回家我的大嘴哥哥对服装真是毫无眼光，那么远从外地带给我一条满是蕾丝的舞女般的裙子，我只好一面说好看啊好看啊一面偷偷地拿到专卖店换了一件。我的大嘴哥哥手很笨，费了几个小时工夫才编了一只蜗牛，说是放在我台灯下面给我立志。我的大嘴哥哥嘴很拙，每次我大发雷霆的时候他只会低着脑袋看鞋子。我的大嘴哥哥就是最最普通的理工科男生。但他给了我最最平凡最最温馨的兄长关怀。

于是我不再是孤单寂寞的小孩，也不需要再缠着妈妈要求生一个哥哥出来了。

现在大嘴已经在很远的北方读大学了。他大二开学之前给他自己定了一个目标：考四级，找家教，拿奖学金，给我带个大嫂回来。哎，大嘴哥哥老大不小了，除了偶然的几次荒唐的艳遇以外，感情生活实在是空白得一塌糊涂，也着实让我替他着急啊，不过我相信这样心地善良的好男孩子是

会有好结果的，会像O字母一样走一个圆满的人生路线。周围所有的人也都是这么认为的，哥哥，你要加油哦！

大嘴同志从不是富有情趣浪漫艺术的男子，当我第N次在他身上培养出的文学美术音乐细胞又被强大的理工科细胞吞噬的时候，我不再奢望某一天他能福至心灵突然聪慧起来而一跃成为知己。算了，《小王子》中火红的狐狸都晓得"世事两难全"的道理，有这样朴实而无条件为我好的大嘴哥哥就已经足够让我得意得偷偷笑了。

好了，如果我写到这里就收笔，我知道我的衣食父母读者大人们肯定会不满意。喂，还有个八卦的大问题没有解决呢！我知道你们想说什么，嘿嘿。

在懵懂的青春期里一个男生和一个女生关系这么亲密，难道不会发展成什么吗？

呵呵，我才没有那么笨呢，我还要长长久久地鄙视他嘲笑他欺负他，不屑于犯那种青春期的低级弱智错误。我要善待这样温馨美好的感情。

我托着腮看着台灯下那只笨笨的蜗牛，平静地微笑，我是大嘴哥哥最最心疼的妹妹。

哥。

P

平头、棉布衣服和古龙水

我不知道是什么时候开始，

这些拥有统一标号型符号的男人

仿佛约好了一般开始穿梭在各种爱情小说和时尚杂志里，

成为女生们关于白马王子的最新潮的定义。

可是谁能解释这究竟是怎么一回事？

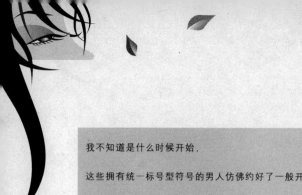

> 我不知道是什么时候开始,
>
> 这些拥有统一标号型符号的男人仿佛约好了一般开始穿梭在各种爱情小说和时尚杂志里,
>
> 成为女生们关于白马王子的最新潮的定义。可是谁能解释这究竟是怎么一回事?

　　最近很流行一种男人。

　　以下是该类型生物的主要特征:发型必须是平头,头发短且硬,不用摩丝可以竖起来;衣服必须是纯棉,最多也必须是棉麻范围之内的,要有圆木的扣子,要很休闲很宽大,袖口垂到手背上,领口宽宽的可以看见锁骨;身上必须有体香,首选是绿茶或者竹子型的古龙水,在发根,耳后,手腕内侧;工作必须是IT业或者广告业,总之必须SOHO而且必须用电脑工作;背包必须是大大的军绿色帆布包,要有很多口袋;袜子必须是纯棉白袜;眼神必须如小狗般单纯脆弱;健康状况必须不良,要很容易生病,但也必须只是些小病小灾;说话必须是一句里夹杂至少两个英文单词;上班必须要坐地铁。必须爱喝黑咖啡,必须喜欢工作到深夜然后光脚在木地板上走来走去,必须钟意PRADA套装和王家卫《春光乍泄》之前的作品,必须沉默而不失幽默,必须不合群但是对小动物很有爱心……

P 平头、棉布衣服和古龙水

好了我想你们知道我说的是谁们了。

我不知道是什么时候开始，这些拥有统一标号型符号的男人仿佛约好了一般开始穿梭在各种爱情小说和时尚杂志里，成为女生们关于白马王子的最新潮的定义。可是谁能解释这究竟是怎么一回事？

他们在我的脑袋里全都面目模糊，以至于经常在闲聊的时候，女朋友问我，看了《XX》没有？我说看了，她说记不记得里面那个男主角？我连忙接着回答说当然记得啦，就是那个平头的，穿棉布衣服，身上有古龙水味道，沉默纯洁的男人对吧？她看我答得一点不差就兴奋地拉着我扯了好几堂课的故事情节，动情处难免眼中闪烁点点泪光，面颊上总有绯红薄雾。

其实我才没看过《XX》。

只不过用脚指头也能想出来大概是个什么样子，靠这些符号我也顺利地让大家相信我还看过了《XXX》《XXXX》等等等等，他们都相信我是一个最懂时尚最赶得上潮流的女生，哦，YES。

可是今夜，我居然遇见了一个标准的流行男人。

九点半。我家门口一个破败的速食店门口。路灯光芒昏黄，寒冷的空气里有腐朽的气息，仿佛昨夜还是活色声香，今天就不再余音绕梁。

我缩着身子坐在椅子上等待我点的东西，面前的桌子油腻。突然我闻到了隐隐的男人身上的暗香，心神荡漾之际就听见一个略带鼻音的男声在我身后响起：

"我能坐这里么？"

我不回答，低下头看见他翻绒系带的休闲鞋，心中有如对上暗号一样的

暗自欣喜。

就在这个关键的时刻，服务生把我点的饮料端了上来。

"你也爱喝DJ么？"他坐到了我对面。

我点点头，不敢抬头看他清澈如小狗般的眼眸。

"我也要杯冰DJ。"

什么？我的心仿佛颤抖得即将要倒塌。

"靠，你个死小子，居然感冒了还敢喝冰豆浆！"我一把把六岁才开始学拼音的表弟从小吃店里拖出来往回走。

"哎呦，姐，痛啊，痛啊。"

我在路灯下面看着这个拖着鼻涕泡泡，身上喷着痱子粉，穿着松松垮垮的小学校服，刚理了板寸葫芦头的眼泪汪汪的小男人。忍不住狂笑起来。

"姐，你笑什么啊？难道豆浆的拼音缩写不是DJ吗？"

"是DJ，没错儿。"我好容易止住笑，拍拍这个小男人的肩膀，用毋庸置疑的口气对他说："宝贝，你是现在最流行的超级无敌霹雳帅风靡万千MM的绝对男人！"

在我的脑袋里关于阿Q叔的记忆从我很小很小的时候就开始了。我觉得我掌握的
卷起袖子兴致勃勃地准备动手的时候，我才发现其实我根本不会写传记。

阿Q歪传

Q

有关阿Q叔的记忆足够给他立个小传了。但是当我掏出所有的记忆，所以只能遗憾地把它们这样一个一个摊在太阳下晒晒。

在我的脑袋里关于阿Q叔的记忆从我很小很小的时候就开始了。

我觉得我掌握的有关阿Q叔的记忆足够给他立个小传了。但是当我掏出所有的记忆，

卷起袖子兴致勃勃地准备动手的时候，我才发现其实我根本不会写传记。

所以只能遗憾地把它们这样一个一个摊在太阳下晒晒。

姓名： 身份证上的姓名已经无从考证，反正大家都是叫他阿Q。据说是因为阿Q叔在他学生时代的话剧上成功地扮演了阿Q这个角色，顿时名声远扬，成了学校里无人不知无人不晓的风头人物。从此阿Q也正式取代了他的本名。

年龄： 虽说阿Q叔已经不惑了好几大年了，可我看到他时还经常觉得他的小眯眼里充满了对世界的迷茫。

相貌： 当时挑阿Q叔去演阿Q的那个导演真的是个大伯乐。阿Q叔的长相嘛，总而言之就是像阿Q。外貌较丑，举止较猥琐。永远是穿着一件看不出颜色的破夹克，夏天里面就是圆领老头衫，冬天就是脱了线的毛线衣，腿上的裤子软塌塌的。年轻时根本没哪个姑娘看得上他，三十好几才好不容易找着个老婆，不过听说前年也跟着人家跑了。

和我的关系： 阿Q叔是我爸妈的大学同学，当年一起排话剧的好兄弟。而上面说道的那个导演就是我老爸，他到现在还在为自己当年的眼光赞叹不已。

　　所以阿Q叔经常穿梭于我们家，尤其是我妈烧了老鸭汤或者油焖大虾的时候。而这个时候我们的对话基本如下：

　　"阿Q叔又来蹭饭了啊？"

　　"嘿嘿，小丫头的嘴是越来越坏了。难道不记得你小时候我还哄过你睡觉吗？"

　　"什么啊，难道要对你这白吃白喝的大叔用敬语吗？"

　　"哦呦，真是不得了，老潘，你看你们俩教育的好女儿，算了不说这个，今天的是什么汤啊这么香？"

　　"……"

　　……

　　阿Q叔总是倚老卖老地说是看着我从一个小屁孩长成一个大姑娘的，说是在我的成长过程中担任了不可磨灭的重要角色，而在我的印象中最深刻的就是五岁那年他从我碗里抢走了一个鸡大腿，我一屁股坐在地上嚎啕大哭，谁哄都不起来，直到阿Q叔讪讪地把那个带着牙印的少了一口的鸡腿重新塞到我手里。

工作：写到这一项我突然间很惆怅。阿Q叔到底是什么职业我根本无法定义。好像一开始是留校当的老师。不过他的教师生涯异常短暂。阿Q叔是语文老师，当一个人什么都不会的时候我就觉得他也只能去当语文老师了。

说句公道话，阿Q叔作为一个语文老师还是比较合格的。他对学生十分热心，和每一个学生热烈地谈话，希望带领着大家走向文学的光明大道。他对讲课也十分认真，每一篇课文都会认真地备课，上起课来也能吹得上天入地左右东西，算得上生动活泼。可阿Q叔惟一影响他成为世界上最优秀的语文老师的一个小小小小的缺陷就是——他——大——舌——头。发起"Zi、Ci、Qi、Xi"这样的拼音就会咬到舌头。

据说纰漏是出在他上任没多久的一次公开课上。

尽管是精心挑选了一篇他十分有把握的课文来上，但是面对着底下坐着的校长，书记等等领导，阿Q叔显然还是非常紧张。他握着粉笔的手都忍不住哆嗦了起来，清了几次嗓子才抖抖地开了口："同学们，今，今天我们要上的是《背影》，作者，朱自清！"

哈哈哈哈哈，底下哄堂，领导们也忍不住"扑哧"地笑出声来。于是阿Q叔的教师生涯就因为"ZHU ZI QING"这咬了三次舌头的发音而落下帷

幕。

"唉，要怪也怪不了别人，谁叫我选了这位先生的文章来上。也许我本来就不是个干教师的料嘛，算命的瞎子说我手指无缝抓得住金银财宝，怎么能一辈子吃粉笔灰过日子啊！"

瞧，他并没有因此而沮丧，顺着下海的潮流，阿Q叔弃文从商，成了一个纸提袋厂的小老板。

第一批纸袋子做出来的时候阿Q叔跑到我们家来送了不少，洋洋得意地说："我阿Q又不是吃白食物，'不是不报，时候未到！'来来来，拿去用吧，我过两天再来吃饭啊！"

不过等他再来吃饭的时候，桌子上只摆了几个素菜。还有旁边我妈那张铁青的脸。"我说老Q，你这个厂子是怎么回事啊？今早我还挺高兴地提着你的纸袋子去买鸡蛋，才装了几个鸡蛋啊？还没走两步袋子就通了，鸡蛋全摔地上碎了。咱今中午就吃这个了！"

我连忙从书包里也掏出个破袋子，把它塞到阿Q叔手里："妈，您还敢拿它装鸡蛋啊？您真是艺高人胆大，我就拿它装了本书，就这样了。"

"啊？这，这个我自己也没用过啊，不会吧？我，我拿回厂里问问去。嘿嘿，嘿嘿。" 阿Q叔装得跟小白兔似的，水汪汪的眼睛望着正在喷火的我妈，两只耳朵竖起来。 不过阿Q叔的老板日子也没过上多久，据说当时借他钱办厂子的那个人给检察院查了，说是此人挪用公款好几百万流失在外，限定期限追不回来钱就要蹲大牢去，吓得阿Q叔立马成了没头苍蝇，知道消息的当天就把厂子解散了，能卖的卖能抵的抵，好不容易凑齐了几千块钱慌慌张张地给人家送了回去。天天躲在家里怕警察叔叔来逮他，让我总算是见着了阿Q叔吃不下饭咽不下汤那坐立不安的模样。

结果呢，那债主的钱就追回来阿Q叔的那一份，其他的一分没有，就不了了之了。

"没办法，谁叫我心善呢！"阿Q叔又去捣鼓别的东西去了，最近他没怎么来我家吃饭，我估计他大概工作得不错吧。

爱好：阿Q叔有三大爱好——看书、写诗、下棋。

先说说看书。阿Q叔是什么火看什么，逮着什么看什么，那个什么郭敬明啊可爱淘啊了解得比我们这帮正发芽的孩子还清。而且他看完书最喜欢和别人交流，分析书里的人物，理清故事的脉络，发表自己的感想。而我家老头老娘是没心情听他散扯了，于是他就拉着我，硬是说要给我补上课外阅读这一课。我可以诚恳地告诉大家，我是从阿Q叔那里听来了全版的《梦里花落知多少》和《那小子真帅》，阿Q叔讲到动情处时常不能言语，一手捂着嘴，一手指挥我去给他拿餐巾纸，接过纸狠狠地擤了擤鼻涕，揉揉红红的鼻头，带着浓重的鼻音继续跟我说男女主角最后的坎坷命运。

但凡是看书看多了的人，总是想自己也来点什么，阿Q叔也不例外。而且他敢为常人之所不为，选择了写现代诗。我临上大学之前，阿Q叔送了我一个小册子，他说是他多年来诗情的结晶，让我到大学里好好研究，之所以以前没拿给我看是怕我年纪太小了读不懂，只会给我平添烦恼。我捧着那个油墨印刷的装订粗糙的诗集满含热泪，心里觉得阿Q叔怎么就对我跟对亲闺女一样好呢。

我还记得第一首诗是这样的：

"我经常梦见我的母亲在召唤我回家吃饭，

她喊：'大毛，快回家吃饭吧，饭要凉了……

'大毛，快回家吃饭吧……

'大毛……'"

从这首诗里我学到了两点：1.阿Q叔的小名叫大毛。2.阿Q叔从小就喜欢到别人家去蹭饭。

下棋是阿Q叔最不能放弃的爱好，而这个爱好也在他关键的时候陪伴他度过难关。

在厂子才倒闭的那一阵子阿Q叔成了无业游民，他也不好意思天天来我们家吃饭，没事就到大街溜达想想怎么解决粮食问题。后来他看到有摆棋摊的，就过去跟人家下棋，他说："我不跟你赌钱，我也不要多，我赢一盘，你就管我一顿饭，吃饱就成。"

就这么在街边跟人下棋还真给他混饱了不少天，听他自己说，到现在他从那条大街上经过，还有摆棋摊的人老远看着他的影儿，背着棋盘就跑。"这就叫，闻风啊……丧啊胆！" 阿Q叔阴阳怪气地念着京剧韵白。

爱情： 自打阿Q叔的老婆跟人跑了以后，我就没听说过他有什么爱情不爱情的。用一句时髦的话来概括，就是他处于感情真空时期。

前一阵子突然听说阿Q叔又要结婚了，吓得我舌头都大了，结结巴巴地问消息来源者也就是我妈："谁谁谁谁啊？谁这，这么不开眼啊？"

我妈打着毛线，眼皮子都没抬一下："就是他新雇的那个小保姆呗。"

"啊？啊？"我听得晕乎乎一把把她手里的毛线夺下来要求妈妈从头开始讲故事。

"老Q一个大男人，生活根本无法自理，这两年不是过得还有几个钱嘛，就到人才市场上找了个小保姆。你别看你阿Q叔平时神头鬼脑的，但人品还真不歪。提前就跟人家小姑娘明说了：'我家两室一厅，你我一人一间房，你给我洗衣服收拾家做饭，我给你钱，你要害怕我也不强留你。'那小保姆也是一个人从外地来投奔亲戚的，谁知道亲戚根本不搭理她，所以表态只要有个住的地方就成了。结果嘛，一来二往嘛，日久生情嘛，嗨，你一小女孩问这么详细干什么，去去去，做作业去！"我妈把我轰进房里继续打她的毛线。

打听我妈说了这些以后我就天天盼着能去喝阿Q叔的喜酒，好好地大吃一顿，把我多少年亏下的鸡腿全补回来。可是盼啊盼啊，就盼来阿Q叔又到我们家来吃饭了。

饭后我实在耐不住，凑过去问："喂，阿Q叔，你到底是结不结婚啊？"

"结，结，结，结个屁！"

"怎么啦？"我拉拉他的袖子，"感情破裂？痛不痛苦？"

"唉，"阿Q叔一边剔牙一边斜着眼看着我，"我登门一拜访，发现我未来岳父比我大一岁，未来岳母比我小一岁，这俩人一起告诉我说要是我敢跟他们闺女结婚就等着收他们的尸吧。我一想，大家都是同龄人，养个女儿也不容易，我结个婚害得人家连爸妈都双亡了，确实不合适，不合适啊。"

阿Q叔生命中惟一的爱情火花就这么灭亡了，我觉得对他的打击还是挺

大的，平时他要吃三碗米饭，今天都只起来盛了两次饭。

　　唉。

　　我敲"唉"这个字的时候是晚上十一点四十五，等我再敲"唉"后面的那个句号的时候就已经是早上八点了。梦里似乎遇见了阿Q叔。还没等我仔细想明白，我妈揪着我的耳朵把我拎起来，质问我怎么爬在电脑上就睡着了。

　　"睡着了就睡着了也就算了，你这个丫头还三更半夜鬼叫唤，我和你爸在那屋都给吵醒了。"

　　"啊？我说梦话了啊？我说的什么啊？"

　　"我说了你可别不信啊！"

　　"哎呀我信我信。"

　　"我说了你可别嫌丢人啊！"

　　"哎呀我不嫌不嫌，你快说呀！"

　　"你说……你说……"

　　我屏住呼吸。

　　"别抢我的鸡大腿。"

　　……

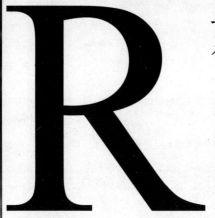

R 如风

爱如，捕风吗？

那么想要爱的人到底是在温暖和煦的微风中愉悦地挥舞着手中的网兜跑来跑去，还是眼睁睁地看着风从指缝里一点点的无望地流失掉呢，我不想去管它。

　　我第一次见到李澈的时候是在政治老师的办公室里。我记得是个春暖花开的日子，我去办公室领本月的时事政治材料，看到以前也教过我哲学的老师正在做一个大概是我下一届的男生的思想工作。那场面让我很惊异，哲学女老师急得哭笑不得，而那个男孩子却是一脸微笑地站在那里，淡定平和的样子。

　　老师说："唯物主义和唯心主义的最本质分歧在哪里？就是关于世界的本源的讨论。这个过程十分漫长而艰巨，历经了好几个世纪。"

　　小男生微笑地回答："老师，这个问题对于我来说是很简单的，在我们看来，都是上帝创造的呢。"

　　我捧着那么一大叠的时事政治，忍不住笑出了声。

　　真是可爱。

　　老师看到我在，正好把我当作台阶就顺着下来了，欣喜地招呼着："哎，正好，你来开导开导这个小男孩，上课的时间也快到了，你们一起

出去吧。"

　　我们一起往楼下走。我告诉他一般来说，学生都是这样做的，何必和老师争执这些是非问题，且不管自己心里是怎样想的，只要在试卷上写上书本上的铅字换一个好看的分数，便可以相安无事，而自己心里的想法也不算妥协丧失。但是他只是温柔地一遍又一遍地摇头，反而让我也没有了办法继续再说些什么。

　　突然就很羡慕那些有信仰的人们。我想那种感觉就像是有父母告诉孩子什么是对的，什么是错的，该做什么，不该做什么，很温暖很有依靠，是无论身在何方都可以望着家门口的明灯回家的。他们是有根的人，有坚定的巨大力量温柔地包裹着他们，就不再是漂泊的浮萍或者随风的树叶。他们的眼神平和心灵安宁，在人群中显得不是那么的浮躁。而我，在生活面前常常显得很倔强，很慌张，手足无措时只是用力地抱紧自己。

　　后来知道，他叫李澈，清澈的澈字。觉得很合适他。李澈算得上是我的直属学弟吧，他从小生长在基督世家，他的家庭在本地的基督徒中是很有声望的，据说李澈平时也经常在学校后面的那家教堂里帮忙做事。虽然还未到能够胜任牧师的年龄，但教徒们对他也是相当的尊敬。李澈在学校里人缘很好，几乎从来没有得罪过人。每到圣诞节或者复活节这样对他来说很重要的节日的时候，他就会站在学校门口分发一些小礼物给每一位遇到的同学，并且告诉他们今天教堂有礼拜，很欢迎大家来。我想也是，这样温和清澈的人总是让人觉得很舒服。正如每次在学校的楼梯处遇见了，他总会先站直了再微微欠身，说学姐，你好。然后微笑着看着我。会让我觉得做学姐的感觉很好很好。

但我从不认为李澈是小弟弟，跟他说话，有的时候你会忘记他的年龄。有的时候体育课两个年级一起上的时候，我们就坐在草地上说话，李澈会跟我说一些《旧约》上的事情，比如所罗门的雅歌，我会跟他说一些最近发生的有意思的事情,比如翻墙逃课的时候遇到了一只跟着我不走的小黑猫。

熟悉了以后李澈总是叫我孩子，我听起来觉得很自然。我说我相信生命没有绝对的禁忌。李澈就笑着回答说那是因为上帝特别宠爱你这样任性的孩子。似乎所有的事情都可以在他的逻辑里得到相应的解释，在他的世界里一切变得简单而清晰。

在我离开高中前的最后一个圣诞节，李澈请我来参加教堂的活动。那是我第一次进入那个教堂，在无数次从它面前经过之后。

是在晚上六点多钟的时候，天空开始下起雪来，一点一点地把城市变白。路上变得不太好走，我便把自行车停在了教堂门口的转角处。从车上下来，一眼就可以看到李澈在飞雪中站立着，微笑着迎接前来祈福的人们。七点半，活动正式开始。李澈把我安排在教堂最后一排的椅子上，毕竟我并不是一个教徒。唱诗班渺茫的歌声响了起来，周围的人脸上是共同严肃的神情，我开始恍惚。

等醒过来的时候，李澈已经换了衣服坐在我旁边，教堂里空无一人。我不知道是几点了。我看到他像长辈一样慈爱的眼神，他说："你刚才一直在做噩梦吧。我看到你一直蹙着眉头。"的确，我经常会梦到无路可逃或者跌落谷底这样的情形，每次醒来都会觉得真实得刻骨铭心。我没有否认

R 如风

地耸了耸肩，靠在了椅子上。

"不妨每天睡觉前做做祈祷，试着和上帝对话，他会听到你心里的话，会让你平静。"

"可是，我还不能确定自己有决心和勇气来这么虔诚。"

"你不相信上帝吗？"

"我不知道。"我摇了摇昏睡后酸痛的脑袋，跳了起来，拉着他往教堂外面走，"我现在相信自己的肚子有点饿了，去对面那家牛肉粉丝店吗？"

"唉……"

虽然现在我们已经不在一个学校里了，但李澈依然是会在对他来说意义重大的节日里寄教会的卡片给我。他在最近的一张卡片里告诉我，他已经到了可以穿上红色的牧师袍的年龄了。我闭着眼睛想，李澈穿着大红色牧师袍一定会显得格外风神俊朗。并且决定这个圣诞一定要回去教堂找他，然后再去吃那家牛肉粉丝。

爱如，捕风吗？那么想要爱的人到底是在温暖和煦的微风中愉悦地挥舞着手中的网兜跑来跑去，还是眼睁睁地看着风从指缝里一点点的无望地流失掉呢，我不想去管它。

呵呵，我的确是在生命面前任性的孩子，如果上帝真如李澈所说的那般很爱我，那么最好，如果不是那样，也没有关系，我会加倍爱我自己。

很久很久以前，在古老的中华大地上，有一个白胡子的老爷爷，

那么根据我天才的推断，六人行就必有两个我师。

如果你不觉得仅仅是因为S是"老师"的"师"的拼音开头字母

六人行

他说过三人行必有我师。

所以这里我就要说说我的那两个老师，

而显得很牵强的话。好了啦，我老实招了，我实在是太想找机会说说他们俩了。

很久很久以前，在古老的中华大地上，有一个白胡子的老爷爷，他说过三人行必有我师。

那么根据我天才的推断，六人行就必有两个我师。

所以这里我就要说说我的那两个老师，如果你不觉得仅仅是因为S是 "老师" 的 "师" 的

拼音开头字母而显得很牵强的话，好了啦，我老实招了，嘻嘻，我实在是太想找机会说说

他们俩了。

一个是那个初中时候教我语文的男人。

师者，传道授业解惑也。

可是他之于我，还要加上些知遇之恩的。只不过当我感觉到了这些知遇
的时候，我已经离开他的课堂有一年之久了。

可能中国的师生关系在现代呈现出一种怪异的状态，尤其是学生和班主
任。但凡学生必然指责自己的老师BT。而且动用所有的想象力和创造力给
他起各种外号并进行各种小规模反抗作战。这点在我初中的班级反映得特
别明显。让我来回忆一下他，是怎样的老师：总是微蹙的眉头，清瘦的身

姿，年轻的年纪，杂文式的谈吐，和被烟熏黄的修长的手指。这让我们对语言这门课没有了一个循循善诱的受教育姿态，转而是一种探讨，我们过早地将汉语言与人生联系了起来，也许这些是其他学生还没有意识到的。

记得有一次上苏东坡的词《浪淘沙》，他问：一樽还酹江月是什么意思？我说，这是以酒做祭。他给了我一个意味深长的眼神。我知道他是知道的。我也知道，这个老师不只是一个语文教书先生。

初中时代的我，很有些年少轻狂，恃才傲物的味道。比如考数学故意留四十分的题目不写，然后剩下的做的题目全对，混一个及格。比如在周记里专挑他的语文课上所犯的小错误。比如看不惯班里学习死用功要强的学生，打趣他们的知识狭窄。其实这些无非都是不成熟的表现，年少时的张狂谁不会呢？到是这样的一种人，年纪轻的时候规规矩矩做人，到老了反而认认真真地和看不惯的社会现象叫起板来。叫人钦佩。

所以当年少轻狂的我意识到老师居然在故意整我的时候，我是相当愤怒的。不过十二、三岁的年纪，怎么能容忍没有理由地被当众叫起来搬起桌椅坐到教室的最后一排，怎么能容忍选举班干部在班里全票通过的情况下硬是被压下来。没有任何奖状。最后一个入团。

他对我不公平。

在我又一次觉得无辜受屈后，体内被积压了多时的火山终于爆发了。一次语文课上，当他来回地在过道上踱步，背对着我时，我面无表情地将手中钢笔里的蓝黑墨水甩上了他的白衬衣。等他愤怒地在全班调查时，就是不承认是我干的。直到现在，我的初中同学们都还记得这个墨水事件，说从来不知道我能这么酷。

　　GOD，那个时候的我真的是恨死他了。我不要求你偏爱我，但是连公平的对待都做不到吗？

　　可是等我到了高中学到的第一件事就是：世界本来就是不公平的。

　　叮咛放近了看是唠叨，放远了看是温馨。等我离他很远了，也就觉得那些离他很近的时候产生的想法也许并不是全都正确的，也许。

　　教师节回到学校去看老师们，看到他又在假装凶狠地批评一个没交作业的小男孩。不免莞尔。然后理直气壮地坐在他的办公桌上晃着双腿，一字一顿地说，你衬衣上的墨水是我甩的。他笑着告诉我说我早就知道了，那天交的作业只有你一个人是用的蓝黑色墨水写的。我顿时无语，只好胡乱地嚷嚷，谁叫你当时那么对我，是你先不好的。后来他有这样的话，让我很动容。他说："你这个孩子，一路走过来都太顺了。我做的那些所有只有一个出发点，就是让你尽快学会承受，尽快成熟。"你不是他的子女，他何苦用心良苦？这就是老师。我想也只有老师。这是我第一次觉得某一个职业可以给别人的心灵产生这样的作用。

　　初中毕业前，他送了我一幅词，是陆游的咏梅。
　　我想我们需要一个真诚的帮助你成长的好老师。
　　唯有……香、如、故。

　　另一个则是我在高中时代接触过的最后一个语文老师。

其实也就是考前几十天的辅导。

他是别的班的语文老师，人白皮肤好，身材五短，看到他夹着书从我们班门口经过时，我总是能联想到一个上足了发条的小机器人。

这个老师在我的高中名气大得不得了，因为他简直出位到家了。什么第一堂课就坐在讲台上把语文教材给撕了啦，什么全校都补课就他的班提前放学啊，什么带领班上同学翘掉校长的广播讲话等等的故事说也说不完，完全不像一位标准意义上的老师。不过，每一次的语文考试，他们班的平均分永远都是最高的，尤其是在作文方面更是传说有独门秘方，剑走偏锋。这就更成了他名声大噪的资本，想找他补课的学生遍布天下。

据说他补课有规矩，只收普通班的学生而且还是比较差的那种，并且学费让你看着给。这就有点劫富济贫行侠仗义的味道了，足够让他成为了学生中最爱谈论到的极具神秘色彩的男人。

虽然知道了他补课的规矩，但是在高考前的最后时期我还是硬着头皮去找了他。因为，带过我的老师都说我的应试作文会让我在高考中死得很难看。

我向来认为应试作文是怪物。当我不得不坐在固定的位置上在固定的时间内写固定的字数固定的题目，不可以说话也不可以听音乐也不可以到处看也不可以乱动也不可以一边写一边喝水吃东西的时候，我觉得它简直就是要了我的命了。我从来不知道写出来的是什么东西，就像做过的那些不记得内容的梦，而且大多数是噩梦。每次出来的分数，要么高得吓人要么低得可怜，反正每次都能给我惊讶。但是对于高考，我还是不想这么来赌一次，我胆子小，我怕怕的。

一开始当然是拒绝我，他说我的规矩你又不是不知道。我装可爱，我装可怜，我装无辜，装了大半个小时，老师到底还是老师，松口了说，把你这几次的模考的作文都拿给我看看再说吧。我连忙双手递上试卷，发现这个矮胖子看着看着脸色就慢慢地变了，以至于到最后从位置上跳起来高兴地抓着我说："原来是你啊！这个，这个，还有这个，"他把打了高分的作文全都挑了出来，冲我笑，"这几个作文都是我改的！原来都是同一个人写的啊，好啦好啦周末你来听我的课吧！"我还没反应过来，"老师，那，学，学费……""哎呀还什么学费不学费的，来听就是了！"

这就是我拜师的全部过程。

终于到要见到他的关于应试作文的独门秘方的那堂课上，我格外紧张激动。老师坐在讲台上一边吃面包一边很无所谓地侃侃而谈："高考是在夏天，天那么热，卷子那么多，一个语文老师阅读批改一篇作文基本上不会超过三分钟。那么你的作文是否在这三分钟之内打动老师就成为你作文分数是否会很高的重要因素。成功了，作文分数就上去了，就可以冠冕堂皇地称之为一篇好作文。所谓的好作文，就是在三分钟之内能够取悦改卷老师的作文。你的，明白？"我连忙点头，然后记录下他的"三分钟取悦老师法"。比如，语文老师往往理科不好，举例子的时候别动辄就牛顿爱因斯坦居里夫人的，看着当然烦躁，换成茶花女啊曹雪芹什么的就亲切多了。再比如，语文老师都自以为自己有古典气质但实际上知道的也就是那么多，在作文中穿插诗词句的时候一定要注意，什么南北朝啊乐府诗的少来，就用唐诗里七言律诗最好。等等等等。还有选材的时候绝对不能碰的十大恶心材料：早恋、中国足球、和父母吵架，政治局势……谁用谁找死。

课上到最后我是笑倒在桌子上了，哈哈哈哈。觉得讲台上的他根本就不是一个老师而是和我一样想各种点子对付高考的小聪明学生。难得有老师这样坦荡地面对现在的教育和考试。而且是真正的和我等学生站在同一条战线上，一起想办法总结规律一起分析和应付考试。最后他跳到讲台上摆出周星星的POSE指着我说，YOU！不要小看我哦，我要教给你们的才不是试卷上的那些毫无意义的分数呢。

最后的结果，高考中我按照他的独门秘方轻松地拿下作文高分，准备回学校对着老师千恩万谢。路上遇到上几届的学长，提到他，提到那些好玩的事情，大家脸上都是会心的微笑。

求学阶段能遇到这样的一个老师，真是很有意思的事情。会记得很久。

有道是，一日为师，终身为父。

开玩笑，那个家伙连个老师都一点不像怎么可能还为父，当我脱离了他的管辖之后要做的第一件事情就是一脚踢开办公室的大门，高声直呼其名，某某某！我可想死你啦！

这两个男人一点都不相似，惟一一点相似的就是都是好老师，而我显然不是一个好学生，因为在我两次毕业的时候他们都说过同样的话："记得经常回来让我教育教育你哦！"

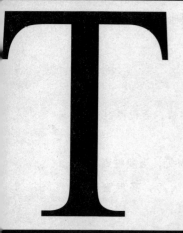

T

T这个字母总是让我想到TA。"他"或者"她"。

想到她的同时就想到了他，想到他的同时也就想到她。

他和她的故事，

是我所遇见的最迷人最深刻最忧伤最宽广的爱情。

他和她的故事

> 我在每一个失眠的夜晚总是会怀念爷爷把我抱在膝上教我念着才子佳人的戏文，
>
> 看奶奶托着水袖在院子里缓缓舞动时的暖暖温情。
>
> 如果在他和她的故事中，幸福曾经是如此简单的事情。

他说他的人生经历过两次黑色的秋天，一次是含冤被打为右派，一次就是现在。

这是我有生以来第一次出席葬礼。第一次来到被叫做殡仪馆的地方。

早晨七点，我就乘车来到了这里，这儿看上去就像一个普通的小工厂，只是大门口一个阴森的"奠"字直摄入心里，让我下意识地提一口气，抓紧了黑色连衣长裙的下摆。我一步步地朝那一堆有我认识人的黑衣走去。那一群黑色中有我熟悉的，也有完全没有见过的。我看到我熟悉的那些人全部穿着统一的黑色，有种古怪的感觉。

爸爸说，我们去看一看卫生和化妆的工作做好了没有，你一个人就去陪陪他吧。顺着他手指向的方向我看到了一个清瘦的老人失神地坐在台阶

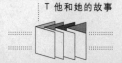

T 他和她的故事

上。那是死者已经七十几岁的丈夫。我点了点头，安静地走过去，坐在他的旁边轻轻的握住他的手。

那是一双冰冷的只有皮包裹着筋骨的满是皱纹和苦难的颤抖的苍老的手。

我要参加的这场葬礼是一个女人的葬礼。被安排在今天早上的第二场，在东南角的梦寝厅里举行。梦寝，原来火化厅也可以有如斯美丽的名字，但愿已故的她真如梦寝一般长长久久地睡下去，不知道是否梦见了第一次与他的相遇。

……

他是徽商丝绸大家的少主人。他，少年书生，最是斯文清秀。她跟着父亲学戏，都是他家的下人。但她，也是远近闻名的水灵乖巧，一曲黄梅调唱得门前的小溪都打了几个转儿。

都是最鲜嫩的年纪。他们就遇见了。

或许，是他刚从私塾里放学回家，碰巧路过侧房，就看见院子里自顾自陶醉在戏文中、款款挪动莲步、和着唱腔舞动水袖的她，不由得被那样清凉透明的声音牵绊住脚步，驻足侧耳。直到太阳落到山的那头去，直到树上的小鸟儿都飞回了窝里，直到，直到她蓦然回首发现了他。脸倏地就红得和天上的晚霞一般，低着头道声"少爷"，还未等他回答，就扭身羞涩地跑回屋里了。

或许，是她负责打扫他的书屋。她轻柔地擦拭着书桌，椅子，笔架，香炉，带着满心的喜悦忙碌着，一点一点的触碰这些他的东西，然后发现了书桌上那首临了一半的虞美人，不禁捧起来碎碎地念到"碧桃天上栽和露，不是凡花数……"，纸上尚有浅浅的墨香，就和他舒朗的眉目一般。

一念就是好久，连他进屋了都没有察觉。她凝望着纸上的诗句，倚在门框上的他凝望着她。

两情相悦，两心暗许。

一抬眉，一低眼，一辈子就拴在一起了，从此不离不弃。

……

粗鲁的哭喊声陡的响起，惊得我慌忙把思绪收了回来。原来第一场的告别仪式开始了。我惊讶地望着那一队真材实料的孝子贤孙们，由一个人领哭，众人合哭，捧着遗像，披着麻戴着孝一路往大厅挺进，一路鞭炮不停。他缓缓地对我摇了摇头说，"她不喜欢这样，我们，不这样。"我宽慰老人道，"对，我们不这样的。"

我知道他们的故事本来就是和世俗理念无关。

……

他的家庭怎么可能允许产业的继承人娶家里的丫鬟过门。

可是他们相爱。年轻的他们坚定地彼此誓约，如果这里让他们相爱那么最好，否则，就离开。

私奔。这个在我眼里仅是古老的传说中的美丽诱人的字眼，他们做到了。真的什么都不要了，只要他有她，那么即使海角天边，也去得了。繁华的家业和夺目的地位，通通不及她嘴角眉梢的一丝笑意。

远走高飞。

其实也不是很远，只是来到了一个相对安静悠远的小村庄，绿树村边合，青山郭外斜。过起"你耕田来我织布，你挑水来我浇园"的农家生活。虽然艰苦，但是自在。他闲来无事就写写戏文，写一出出缠绵别致的有关爱情的戏文，由她来演绎，在丰收或者过节的聚会上唱给邻里村民们

T 他和她的故事

听。她实在是天生的好演员，即使再简陋的舞台上，一开腔，一亮相，便全身心地融进戏里，动作灵巧，唱腔清丽，况且又是心爱之人为自己写的唱词，更是默契万分，戏不迷人，人自迷。渐渐的名声传了出去，镇上的剧团如获至宝，把两人一同请到剧团工作，一个是戏文主编，一个是当家头牌，夫唱妇随，日子过得富裕了起来。而且这个时候，她，也开始孕育着他们迷人爱情的果实。

孩子出生了。

他和她就不再仅仅是少年恩爱的夫妻，还努力地扮演好父亲和母亲的角色。他时常抱着孩子到戏院子里看她在台上演出，当观众鼓掌喝彩时，就微笑着告诉孩子，你看妈妈多棒呵。然后绕到后台等她卸了妆，便一家三口和和美美地把家还。真是神仙日子。

神仙般的日子一直持续到他们的孩子六岁左右。然后那场浩劫就陡然降临了。

……

时间差不多到了，我扶着他缓缓地望灵堂方向走。天阴沉了下来。"这是第二次的黑色秋天。"他喃喃道。眼睛枯涸。

他将那一场浩劫称之为生命中无比黑暗萧瑟的秋天。

……

他大概怎么也不会想到早就被他抛弃的家业，哦，不对，也许应该说"成分"，导致了他人生中第一场黑色秋天的降临。

莎士比亚说但凡是悲剧就是把美好的事物摔碎在世人面前。其实不只是戏剧，生活有时比悲剧更甚。

十年劳改。沧海桑田。

我想我永远无法理解那是个怎样的年代。也无法想象他和她还有那个孩子是怎样度过那十年。十年，对于一个孩子，足以决定他今后一生的性格和气质，对于一个女子，足以耗尽她所有的青春和对生活的热情，对于一个男人，足以在他一辈子的道路上留下刻骨铭心的伤痕。

　　他劳改了十年，受尽了精神和身体上的各种折磨，她被迫和他离了婚，独自带着孩子背负着屈辱和痛苦生活了十年。他们的忍耐到底有没有极限，或者是早就过了极限。

　　等平冤昭雪后，他疯狂地歇斯底里地到处寻找早已没了音讯的妻子与儿子。终于，在那个他们开始生活的小村庄里，找到了几乎认不出的妻子，和那个已经长大成人的孩子。

　　相顾无言，惟有泪千行。

　　据说，当他们相拥着再次走向民政局办理结婚证时，在场的所有人都痛哭流涕。再黑暗的秋天也不能让他们放弃对彼此的爱的信仰。

　　秋冬过去，春天该要到来了吧?

　　经过那次炼狱的人们，各个仿佛转世投胎，和之前的自己完全不同。他们变得谨小而慎微，小心翼翼地生活着，生活平静却不见真实的欢乐。恢复元气是一个漫长的过程。

　　直到他们退休了，有了孙子辈，被儿子接到城市里颐养天年的时候，才渐渐有了从生活中感到的欣慰，生命中最重要的那一段时光所经受的苦难被孙儿粉嫩的小脸逐步取代。就如同所有的老俩口一般，他们蹒跚着幸福着，在生命最后的那抹夕阳红里。

......

通过一小片树林，就看到了白色的一栋平房，门口敞开着，聚集着一些黑色衣服的人。那里，就是她的最后一站，他要亲自送她。灵堂门口遇到了医院里的护士和医生，他们握着他的手，脸上有真实的悲痛感。毕竟，朝夕相处了三年有余。

戴眼镜的主治医生面对眼前形同枯骨的老人觉得万分歉疚，"老人家，你节哀，我们尽力了却……"

"不，不关你们的事，是我无能，没有保护好她。"他闭着眼睛摇了摇头。

......

突然某一天她就病了，急忙去医院一查就已经到了癌症的中期。情况一天天地差了下去，化疗，手术，再化疗，再手术。她的生命像一盏油快烧完的灯，慢慢的黯淡。

因为长期卧床，她需要随时被动的按摩和翻身，进食排泄洗澡都不能自理，化疗后的痛苦反应，等等等等。"久病床前无孝子"的条件，都没有让他后退，三年来，这个已过古稀之年的老人细心周到地照料着他的老伴，像呵护娇嫩的花朵一般直到她生命终结前的最后一秒，没有片刻的间断。

我也在病中探望过她。我总是不知道该做出如何的反应给病床上的她看，是宽慰她还是逗乐还是别的什么，因为只一眼，我就忍不住掉下泪来。

她是怎样在舞台上风光鲜亮在生活中充满情调的女子，却沦落到生活不能自理地缩在被子里，浑身插满了粗粗细细的管子，一头的青丝也因为化疗而掉光了，身上浮肿得厉害，到最后丧失了语言的功能，那优雅的嗓音只能呜咽着。

有的时候觉得她好小好小，身形像个婴孩，眼神透彻直达人心，不言不语。生命就这样无端地给了她一重又一重的苦难。

好在他总是在她身旁，握着她的手。有时她稍微好转的时候可以开口，就对他说，如果下辈子，你家里还有一个小丫鬟的话，那一定就是我。他就会微笑着抚摩着她的胳膊，告诉她那么我下辈子还要和丫鬟私奔一回。

生死契阔。

……

父亲走到我和他面前来，低声说是时候了，可以排队进去了。于是我扶着颤抖的他进入了那扇最后的门。中间是巨幅的黑白照片，上面的她端庄安静。整个灵堂里没有花圈，全是铺满了鲜花，那种产自他们最美好的那个小村庄的不知名小白花。花海的中间是水晶棺木，里面，是他一生一世的妻。他看到后猛的挣脱开我，跌跌撞撞地扑了过去，颤巍巍地把自己贴身的一件背心轻轻地放在了她的怀里，又最后摸了摸她的面颊。轻轻地唤她的小名，小妹，小妹……

我咬住嘴唇一面落泪，一面想着要为她做的最后一件事。转身来到了音乐室，跟工作人员说明这场告别仪式的音乐我们自己准备。掏出事先录制好的磁带放进去，轻轻按下开始。

是她最得意的一段唱腔，梁祝。

哀怨的小提琴声中，人们开始绕着场行礼。因为要控制音乐，我只能站在音乐室里望外看。我看到他走上前去喊道：小妹，你等着我，你等着我……

T 他和她的故事

看到父亲走上前去哭泣：妈，你安心走吧，这辈子你太苦了，现在好好休息吧……

然后我跪了下来，轻轻地问：

奶奶，这是我最后能帮你做的事情，你喜欢这个告别仪式吗？

奶奶，请您放心，我会代替你继续爱爷爷。

……

我在每一个失眠的夜晚总是会怀念爷爷把我抱在膝上教我念着才子佳人的戏文，看奶奶托着水袖在院子里缓缓舞动时的暖暖温情。

如果在他和她的故事中，幸福曾经是如此简单的事情。

U

4U 至少我现在，是微笑着的。

我只在乎你，只在乎看过每一个字的你。

只有你，才有资格批评我，讨厌我，或者喜欢我，你说了才算。

我会珍惜你的关于这本书的所有快乐伤心。

嗨，终于写到你了。

喂，别到处乱看呀，说的就是你呢，哎，对了，就是你、就是你，就是用手拿着这本书翻到这一页的你。我有话要对你说呢。

如果你是按顺序看到"U"这个字母，那可真是不容易了，如果你是跳着看，正好翻到这一页的那更好，如果你现在已经买下了这本书了，那我真的是要谢谢你，如果你只是站在书店里随手翻翻的话，那也没有关系。哎呀我实在是太紧张了所以有点混乱，顾城说看着蓝色的天空眼睛也会变蓝，如果你怕看了我混乱的字而把自己的眼睛也弄混乱了，就索性跳过这一页看下一个字母吧。没有关系的，我可以提前告诉你这个字母里没有说故事。

　　我只是，想以这样的方式和你说几句话，看了我文字的你。

　　我不知道你是为了什么而翻开这本书的。也许是因为它的装帧，也许是因为无聊而一时兴起，也许是因为别人或者报纸杂志上的介绍，但是能不能请你不要抱着猎奇的态度打开它，因为，你会很失望的，呵呵。

　　前几天看到个小笑话，说是一家电影院为了招揽生意，在门前的小黑板上写新片预告："一个女人昏迷后被七个男人拖入丛林的故事"。果然效果很好，吸引了众多观众，结果开场了以后一看，原来是《白雪公主》。人们大呼上当。第二天小黑板上又写着："一个女人与七个男人几天惊涛骇浪般的日子（绝对不是《白雪公主》）"。人们又纷纷抱着猎奇的心理掏钱走进电影院，结果是《八仙过海》。哈哈。

　　就是这样，如果有人问我这本书写的是什么，我想我估计会说，写了26个字母，每个字母写了一个在我生活中留下重要记忆的男人的故事。喔，自己都觉得很有上面说的电影院门口小黑板的作用。可是，这也是实话。反正人只分男女，那么不是男的就是女的啊。所以如果你只是想看看一个十八岁的女孩和那二十六个男人，那我劝你还是算了吧，我很抱歉没能满足你的要求。我不是挂羊头卖狗肉，而是挂狗头卖狗肉，只不过有人近视眼把狗头认成了羊头。

　　这不是个长篇，你不需要连着一口气看完它，在你有心情愿意看一个故事的时候随手翻上一两个字母就可以的啊。比如，写作业写了一半的时候啊，睡不着的时候啊，anyway，随便你高兴。

　　它们没有统一的风格，没有统一的体裁，但是它们都是我的真心。

你知道吗？在我写这些字母们的时候，我总是会想到你。就趴在键盘上想，你到底是什么样子的呢？你会怎么样去理解它们呢？你会善待它们吗？圣诞老人把我的这些字母小人们接走了，驾着脖子上系着金色铃铛的麋鹿把它们送到了你那里。一想到这里我就紧张得不知道该写些什么。仿佛回到了小学一年级因为一道数学题做错了而被老师用尺子打手心的那个瞬间。我，是很怕你的呀。

　　怕，是因为我在乎。那些评论或者宣传对我而言没有任何意义，我只在乎你，只在乎看过每一个字的你，只有你，才有资格批评我，讨厌我，或者喜欢我。你说了才算。我会珍惜你的关于这本书的所有快乐伤心。

　　但是后来，想着想着也就不怕了，我现在打出来的所有的字，在不久后居然要被另一双我完全不熟悉的眼睛注视，这本身对现在的我而言就是一件很有意思而快乐的事情。而我又会恨不得把自己的身子削尖作为书签夹在这本书里，等你翻开它的时候跳出来和你说Hi。

又哭又笑，老猫上吊。

好啦，现在的我呢，既不是像刚开始那样胆战心惊，也不是像后来那样兴奋雀跃。我只是有点小小的恶作剧心理，但你看到这一页，发现居然是写给自己的，会有什么样的表情呢？实在是太让我期待了。

至少我现在，是微笑着的。

Just for you。

天涯远不远

V

盐，如果当初我们是站在V字母的同一个中心顶点，

那么我们现在已经站在了它左右的两个不同顶点了。

当初和现在，都是一样的未来。

盐，我在我单薄的青春里遇到了你。

可是这是一个不可能达到的天涯，一个不能收留我的天涯。

一个近在眼前，远在天边的天涯。

盐的盛名是早在我高中开学前就听说了的。

本市最优秀的初中的学生会会长，应该是有无穷的城府和心机的人。高中的第一次班委选举开始了，我合上放在蓝色裙上的《天涯、明月、刀》，灵台似乎突然的安静清澈，脑子里的只有一句话："天涯远不远？"

"盐，你是宣传委员，格子，你是组织委员。今后的工作要互相配合哦。"我抬头，微微皱眉。

学生官最是让我头疼的东西。又一个新的江湖，身边的是如此的高手，是安全，还是危险。天涯，远不远？

教师节的宣传栏是和盐的第一次合作。他写好了字，画好了版式然后交给我，没有说一句话。很好，是我喜欢的沉默的伙伴。那天中午，我没有回家，一个人趴在大大的教室桌子上画剩余画，一点点用心地着色、勾边。头顶上吊扇忽忽悠悠地转，没有多余的声音，没有多余的心情。全部完工后，我揉着脖子抬眼，看到盐靠在门上，手里拿着宣传栏的钥匙和一大卷透明胶布，于是把画好的海报交给他。他是一个有着微卷偏褐色的头发，淡蓝色的眼镜，整洁的白衬衫，背墨绿色NIKE新款背包的男子。在以后的很多日子里，我会不经意地想到盐在那个中午像一棵树，是很好看的风景。

有这样的说法，天下高中一般黑，重点高中更是黑。这个重点高中的生活的确平淡却暗藏杀机，但凡稍有职务在身就会相互试探，小动干戈再虚伪笑颜，越来越使我厌倦。呵呵，我的当官业绩并不好。我也很清楚原因。

没有仗剑江湖的雄心，宁愿独自寻找我的天涯。

但盐就是个高手。他渐渐的在班里成为了顶尖人物。无论是就职演说还是组织活动，他总是安安静静地出类拔萃，微笑着接受别人倾慕的目光，唇角温柔的倾斜。他很优秀，真正的优秀是不需要任何城府就能达到成功的，因为有足够的内力。

我和盐的同桌是很好的朋友，那是一个毫无预感的女孩子，甜美而脆弱地生长着。有着糯甜的笑声，正如她的名字丽丽。有的时候我们一起歇斯底里地笑。有的时候我们只是站在一起。在教室外的大片空地上，丽丽一手搂着我的脖子，一手拉着盐，我们一起并排看着教学楼墙壁上蔓延的红色叶片植物，直到有一天它们全部都从容地落下，空留一墙的伤口。

丽丽经常会对我说起韩盐。说他的一些小动作，一些俏皮话，更多的是感慨于盐的才能。"他怎么什么都会呢？"她向往地把脸贴在我的肩上，"你说，他可以够得上优秀男人的标准了吧，可以成为一个好的港湾吧。"我不说话但是点点头，沉默地捏揉着一片刚落下的红叶，我以为会捏揉出它的血液，然而它刹时间粉碎了。

有些事情，我无能为力。

我还没有找到我的天涯。

期中考试物理试卷发了下来，五十九分。我笑着把它折成纸飞机，然后缓慢地拿着走到教室后的空地上。我穿最喜欢的红鞋子。从楼梯上一步一步往下，台阶发出空寂的扣击声。

我把飞机高高地举起，朝着教学楼猛地掷去，风呼啸而过。然后跌坐在草地上抬头看大朵大朵的云容颜一般地飞速流逝。很久很久。

"你在找什么吗？"身后响起的盐的声音划破了寂寞的空气。

"它们，经过多少的城市和年代，依旧穿梭不止，它们是不是什么都知道呢？"我拿着一根长长的狗尾巴草直指着天空上的云朵们。

"也许。"

"那它们知不知道，天涯远不远？我的，或者你的？"我喃喃自语，散

开辫子，把头发摇晃开来。

"格子，该回家了，走吧。"韩盐走到我的面前，他有干净的眼神。我看到他眼睛里黑色的潮水一片汹涌。

盐，我在我单薄的青春里遇到了你。

可是这是一个不可能达到的天涯，一个不能收留我的天涯。

一个近在眼前，远在天边的天涯。

我的生日在7月，最炎热的季节。

很多新的同学聚在一个KTV唱歌，他们给我带来了各式各样的礼物。我把所有的礼物堆在一起，然后坐在旁边，一点一点抚摩那些华丽的包装纸。心里很满足。

他们给我礼物，我出钱请他们玩，让他们开心。我记不起他们当中一些人的名字，我也不在乎钱，我需要礼物，很多的礼物，它们使我显得比较快乐，比较不会孤单。

我是一个虚荣的小孩。

盐送给了我一盒漂亮的水彩笔，有魅惑的荧光粉末。我抽了一支蓝色的，涂在手心上，感激地冲他笑笑。

大家唱歌，某某，某某某，他们快乐热闹地唱着，我缩在沙发角落里低头嗅手心的一抹幽蓝，闻到一阵芬芳。"格子，你也唱一首吧？"丽丽有些许内疚地把话筒递给我，"你的生日，你到现在一首都没有唱呢。"我站起来，点了一首林忆莲的《夜太黑》，我喜欢那个单眼皮女人柔软倔强的声音。

"男人久不见莲花，

开始觉得牡丹美……"

放下话筒，大家起哄，拼命地鼓掌。我想他们谁都没有听懂。房间里的
空气愈发浑浊，我转身走了出去，贴着墙壁蹲了下来。

"送给你水彩笔是因为看到你在物理书上画的漫画，我想给你漂亮的颜
色，你会画得更好。"盐端了个杯子给我，里面是冰水。

我的心柔软地抽动，像什么东西在心尖上抓了一下。"只是戏笔自娱而
已，谢谢你费心。"我仰着脸看着盐，灯光太昏暗，但是我好像又看到了
那些黑色的潮水。

"为什么你穿黑色，在生日的时候。那不是磊落的颜色。"

我哈哈大笑："你知不知道穿黑色可以让我看上去瘦一点？"

"我想我始终没有能明白你。"盐的声音温柔困顿。

这时候丽丽推门也出来了，"格子，你陪我去洗手间。盐，里面在放你
的歌呢，快进去吧。"

在硕大明亮的镜子前，丽丽把她光滑柔顺的头发绑成一束高高的马尾。
"对了，某某说有一天盐告诉他，盐的父亲在一年前死于心脏衰竭。母亲
也因为这而受到刺激，一直在精神病院治疗。你说，"她回过头来忧伤地
对我说，"他怎么可以亲口把这样巨大的灾难说出来了呢？怎么可以面对
大家做到若无其事的生活呢？怎么可以？"

　　我闭上眼睛，要多少的隐忍才使他最终归与平淡。

　　关于生活，真正的高手。

　　几天以后。

　　"我喜欢盐，我要追求他。我要追他的呢。"丽丽甜美得像个柚子一样
微笑地对我说。

　　"那么请你一定要让他幸福哦。"我轻轻地拥抱了一下她。盐，我不知
道江湖中有几多快乐，但是请你一定要幸福。

　　盐在很多年以后会收到一个包裹，里面是一盒颜色全部用完的水彩笔，
会有一张纸。"盐，你知不知道当一个十六岁的女孩观望云朵的时候，她
只是希望能找到她的天涯。"

　　这是我能想到的最好的，也是惟一的结局。

　　我们各自天涯的两端，衣白胜雪。

WHENEVER, WHEREVER

WHENEVER,

WHEREVER,

我们都要一起发芽。

W

直到老大发短信来说，又长白头发了可惜没有小妹帮忙拔。只有等过年时候回来一块拔了。

我才赫然发现：

我，居然，没有，写，老大。

握着脖子上挂的那块水晶根部侧着头想，是呵是呵，那些成天穿着老大的破牛仔裤和大大的衬衣跟着他身后蹦蹦跳跳胡闹的日子早就像从手指间呼啸穿过的风一样，吹向了遥远的遥远。但是尽管如此，老大说了，WHENEVER，WHEREVER，永远都是我的老大。永远都可以罩得了我。

那天我们坐在向阳的草地上，碎金子般的阳光下，老大这么说了，我就信了。

那么一切的一切还要从那次轰动全校的斗殴事件开始。

学校隔壁体院的学生总是会经常来侵占我们的篮球场，由于他们体格强健身材威猛，所以每每交锋总是我们的学生吃闷亏。那一天的下午正好轮到我们班上体育课，班上男生在打篮球赛。我记得那天天很蓝，阳光晒得

人很想睡觉。

据说是在篮球赛进行的一个至关重要的时刻体院的大帮学生呼啸而至围住球场，我们是文科班，所有的男生正好够打篮球，要是踢足球的话连一个队都凑不齐，"本来数量就不多，何况质量又不好"，所以在体院猛男地照耀下顿显小鸟依人之感。正当我们这些充当啦啦队的女生们理所当然的以为可以收拾东西回教室的时候，老大说："继续打。"当然那个时候我们大家还没有开始叫他"老大"。然后战争就爆发了。等我挤进人群里已经来回了好几招，大概的场面是老大在单挑体院的一群，或者说体院的一群在群殴老大一个。但是最后是体院猛男们被他们的同胞抬回老窝，而老大屹立在操场上除了眼镜断了只腿儿看不出有任何的内外伤。全场雷动。的确，这对于长期受欺压的我校男生来说不可不谓是扬眉吐气的时刻，他们咆哮着把老大从闻讯而来的教导处主任（正巧就是我们班的班主任）眼皮子底下抬回到班上，宛若对待胜仗归来的小小英雄。

当天下午放学的时候，来寻仇的体院男生便把学校门口堵得水泄不通。那天我们班正好老师拖堂，放得要比其他班晚一些，所以也有别的班的人闻讯特意留下来不走，也堵在了学校门口，于是更显得热闹。大家都在等开场，而主角必然只有一个人。当老大不慌不忙地推着车从车库里往校门外走的时候，所有人都屏息。"喂，"我忍不住叫他的名字，"没有关系吗？要不要……"老大冲我笑，露出很白的牙齿，他说如果不放心的话你帮我打个电话给某某好了，你报我的名字他就明白的。我立刻心甘情愿地当起小喽喽打起电话来。毕竟英雄只是少数，大多数的人还都是当喽喽的。但是喽喽是幸福的，毕竟有值得他们鞍前马后的英雄存在。结果和所有庸俗的香港黑社会片子差不多，须臾之间学校门口又多围了一圈人。体院的虽然肌肉发达但是脑子也不差，一个个都当了识时务的俊杰，点头哈腰，伸出了友谊的橄榄枝。

从此以后，老大正式更名为老大，一呼百应，无冕成王。而在此之前，他还只是那个背大大的斜挎包，戴黑框眼镜，坐最后一排上课睡觉的混子而已。

我是梦想英雄的女孩子，从小的偶像就是孙悟空。我曾经梦想英雄就应该是侠骨柔肠铁血剑胆琴心。可是我越长大就越发现这是一个很傻X的梦想。现在的社会是一个不会产生英雄的社会。这个年代，也是一个不会产生英雄的年代。于是，索性把自己心里的理想藏匿了起来，心平气和地接受男孩子们普通范围内和寻常意义里的表现。但是在那个下午的瞬间，我

感到自己体内翻腾的热血让我十分温暖，我异常激动地看到他的身上有我梦想的闪光我激昂的血性。我觉得他象征了我生活中的**勇敢**。

后来我十分认真地这些话说给老大听，他笑得前仰后合一发不可收拾，在我快要恼羞成怒的时候老大止住笑说，好吧你做我的小妹吧，很幸福的。我就这样莫名其妙地被老大正式收编了。一时之间并未察觉出有什么好处。

老大每次都是喊我"小妹"，然后把食指弯曲着敲敲我脑袋表示打招呼，不太知道轻重。每次打篮球之前会跑过来把钥匙、手机、钱包一大把东西全交到我这里来免费保管然后打完了再来取。遇到数学课英语课就想尽了办法翘，万一被逮到了也只有我来收拾烂摊子，发挥我超常的想象力和记忆力，编造各种情理之外意料之中的借口还要记得每一个老师听过的借口不可以有重复。甚至遇到学校里各路小女生的围追堵截也是一概由我出马，说明我家老大对你首先表示感谢其次表示婉拒。

"我呸，还老大呢，这是哪门子的老大啊！"每次我表示愤慨的时候，老大总是把手插在口袋里朝我无赖地笑："哎呀，你是我的小妹嘛。"这个混子。

　　幸好有那一次险情，让我享受到了有老大"罩"还是一件很好的事情，也让我有养兵千日用在一时之感。

　　高三的时候各科老师都会暧昧地暗示你去到他家补课，会有神秘的重点内容让你的补课费绝对物超所值。我受不了诱惑也就成了补课大军中的一员，每晚要到十点才能往家赶路，本着对自己安全系数的自信所以从来没有害怕过。以至于那晚补完数学后回家被三五个人跟了一路还麻木地以为是顺路的呢，害得人家不得不围住我亮出身份"我们是坏蛋"，即使这样我依然脑子里满是SIN，COS地低着头望前走。

　　"喂，我们老大想认识你。"喽喽一号抓住了我的胳膊。

　　"不好意思我不想认识你们老大。"什么老大不老大的，我还有老大呢，再晚回家就要挨老妈骂了啦，我一脸烦躁。还有我讨厌身上有刺青，抽劣质香烟的男人。

　　"那就由得了你了么？"喽喽二号、三号也上场了。

　　直到我感觉到自己的胳膊被捏痛了，脑子里才"噌"的一下反应过来，出事了。慌张地把口袋里的手机按到快速拨出键，然后把声音开到最大。那是某天心血来潮时设到老大手机上的，幻想某天能如黑帮电影里一样派上用场。没想到真的派上用场，虽然场景和角色都失败了点。

　　我就被拖着走了，果然喽喽都比较傻，我一路被拖着一路侧着脑袋大声的报地名："喂，你们要带我去红星路干什么啊，啊？还要从这个永和豆浆转到旁边的金寨路啊？慢点走慢点走，我胳膊疼……"心里不知道是害怕多点还是刺激多点，但是手心确实出汗了。

在我快要见到他们老大的时候，我首先见到了我的老大。满头大汗的老大骑着他那辆最宝贝的长得很畸形的自行车朝我们冲了过来，我还没来得及感激地欢呼先听到他粗鲁的声音："你这个笨蛋小妹，从永和豆浆转过来的这条叫长江路，金寨路在那头！"哦？原来是这样，不要怪我，女人都是路痴。

然后我抱着书包蹲在马路边，托着脑袋看打架。我从小就喜欢看男生打架，我总觉得打架中的男生要比平时好看一些。嗯，说老实话今天老大穿这件橘色外套还是挺好看的。我还没看过瘾呢，头上又像平时一样被敲了一下。"看够了没有？送你回家啦。"

我坐在后座上傻呼呼地望着老大的后背，"嘿嘿，谢谢老大。"

"哎呀你是我的小妹嘛。"

天啊，他好像就会说这一句话。

打那以后我觉得做老大的小妹确实挺好的，不仅有时能享受到老大顺路带来的早餐（那都是和我剪刀石头布时候输的，他嫌丢脸总是叫别的人端到我的桌子上），不仅可以虐待他做英语语法题（还可以含着虚伪的热泪说"人家是为你好"，可以顺便虐待他帮我写幅字什么的，老大的书法倒真的和他的拳头一样没有话说），不仅能享受到想做我大嫂的女生们进贡来的美食（通常是我端坐在桌子上海吃，还不时地指点下面做笔记的未来大嫂们"唔，老大喜欢吃辣的……唔唔，还有鱼……"），最主要的是能听到很多满足我身上隐藏着的血性的故事。一到晚上睡不着我就发短信缠着老大讲故事，要真实的亲身经历的才可以。比如三更半夜坐火车到旅顺去给朋友送钱，比如有一次受伤缝了十几针在头上硬是不打麻药而把嘴里的牙刷都咬断了。比如说他最喜欢的《悟空传》，"我要这天再遮不住我眼"。每次的故事都说得我热血沸腾，亢奋无比。然后老大就会扯着破锣嗓子唱："睡吧，睡吧，小妹要发芽。"

直到现在，"发芽吧"也是我和老大之间代替"晚安"或者"我睡了"之类的暗号。我们说好以后让我们各自的孩子们也继承这一暗号。我们都是抱着英雄梦的超级霹雳无敌热血惨绿少年，我们要发芽。

在我还在一模二模三模到昏天黑地日月无光的时候，老大提前报了军校走了。他临走的前一天，我们躺在学校向阳的坡上讲了一下午的话，我看到老大后脑勺上居然有了白头发就帮他拔了下来。"孝顺。"我又看到老大那样无赖兮兮的笑容，在阳光底下一闪一闪的。我想过了这个下午再就没有人敲敲我的头叫我小妹了，再就没有人把钥匙、钱包、手机全交到我这来再挥着手跑向操场了，再也不会有人夜里给睡不着的我讲故事了，再也不会有人骑着自行车冲过来救我了……我想我再也不会有别的老大了。

老大。

砰，我的头又被那样敲得响了一下。"会痛的啦！"我本能地揉着脑袋一边抗议着。"谁叫你一脸写着'我家老大要死了'一样，看着就不爽嘛！"

"喏，这个给你。某次战斗后只剩一半了，带着避避邪。记着，

WHENEVER，WHEREVER，老大永远都是老大。我是永远都可以罩得了你的。"老大用了毋庸质疑的口气，把半块水晶从自己脖子上取下来挂到了我的脖子上，揉了揉我的头发。

我们坐在向阳的草地上，碎金子般的阳光下，老大这么说了，我就信了。

为什么不信呢？如果不信，那我们就不是抱着英雄梦的超级霹雳无敌热血惨绿少年了嘛。

WHENEVER，WHEREVER，我们都要一起发芽。

X 反光

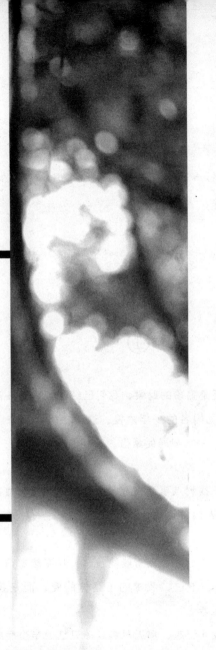

物体因为阴暗而可以反射光线。

世人爱你反射的美丽光华，

但是志摩，

在我心里你永远是困顿的孩子，

不知所措地站在阴影的角落里。

我想人一生的感情就如同一只杯子里的水，每用一点就会少一点。

你是一路走过一路洒水，而我，却是慌张真挚地将杯子里地水通通泼到了你的身上。

然后从此丧失了爱一个人的能力。

当你还是章序，我还是嘉玢的时候，我们已经同坐在一张喜床上了。

我抬头看这一个早已闻名的少年才俊。这一抬头，我曾以为就是一辈子。你的眸子清澈智慧，手脚却局促紧张。

烛火轻轻地一爆。

你长舒一口气，终于找到点事情来做，拿起银钳剪短了烛芯。望着你清瘦的背影，我想起了老人们常说的话，一双花烛就是一对夫妻，哪只先燃尽，谁就先离开人间。

午夜，我起身喝水，你已经如孩童般地睡熟。我突然觉得这个熟睡着的人是我从来不会得到的。不过，我求的不是你的爱，而是我们能并排站着，一起看这个落寞的世界。

许多年后的今天，我才记起，那天早晨，一只红烛半途而废，一只已经全化为蜡泪。只是当年才十几岁的夫妻，我们谁都没有注意。

②

　　院子里的树阴下，我在为出生才三个月的阿欢织一件墨绿色的斗篷。一针一针上下翻飞。我爱这个孩子到骨髓深处。嫁入徐家已经第三个年头。

　　你穿着崭新的灰袍向我走来，脚步急促。"幼仪，"你唤我，"幼仪，幼仪。"我看到你眼中黑色的潮水在汹涌。你告诉我，你要走。是去大海那边的国度，有金发碧眼的少女，听不懂的歌谣，和你的天才梦。

　　我手里的毛线针在你兴奋的表达中安静地飞舞。"一路平安，志摩。家里有我。"我微笑地抚平你衣袖上的皱。你第一次充满感情地拥抱我，再转身向父亲的书房奔去。"少奶奶，针脚全错了。"身边的丫头低声说。"错了么，那拆了吧。"我把手里的活儿递了过去。大厅里还有一批包工头来谈生意。

　　志摩，我夫。你想飞，我明了。

③

　　阿欢已经可以满地跑了，我不知道我的宝贝他是否快乐。但凡他要的，只要我能办到，全都给他。经常抱着满身奶香的阿欢在阳光下细看，眉眼处还是很像你的。只是阿欢花朵般的嘴唇偶尔会轻轻动出两个让我心痛的字眼：爸爸。

　　志摩，孩子已经学会思念了。

　　这几年之内，你在思念我们吗？

意外收到了你的信，诉说对我思念的信。可是我知道这并不是你的初衷，而是被迫于疼我的二哥。公公婆婆也有意送我出去，毕竟，夫妻分开了这些年，是没有理由不团聚的。毕竟，我有义务提醒你对整个家族的责任。毕竟，我是你名媒正娶的妻。

两个月后，我带着单薄的行李随商船来到了你所在城市的港口。我一眼就认出了你。金丝边半框眼镜，白色精纺丝巾，黑色厚呢子大衣，长身而立。你在港口拥挤的人群中实在很容易辨认，因为你的脸上没有盼望与急切。

我的到来让你不知所措吗？志摩，这让我有些难过。

异乡的生活对我来说很新鲜却也很平淡，你总是不着家的。我从楼下的杂货店里淘来了一台缝纫机，把家里所有的窗帘都换成了你喜欢的格子布。擦干净房间的地板。在阳台上洗我们所有的衣服。去两条街以外的小菜市买你喜欢吃的鱼和土豆。接听电话。告诉他们徐志摩不在，请以后再打，我是他的太太，再见。这是我说得最好最流利的一句英语。

这几乎是我全部的活动。

我们之间好象渐渐丧失了语言。我闻到陌生的气味。它暧昧而危险的，潜伏在我们的日子里。

④

林教授邀请我们一同去做客。在空荡颠簸的车厢里，我双手合十放在旗

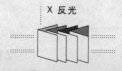

袍上，朝窗外张望。窗外雾气迷蒙，我看到这里灰色的石头建筑在雾气里古怪地站立着，心里隐隐有了劫数的预感。

志摩，我来了这么久，这大概是你第一次带我出门吧。回头看看你，却发现你也心神不定，欲言又止。

然后我见到了她。林教授的女儿，那个才色双绝的年轻女孩子，宛如黑夜中轻轻绽放的百合花，第一次见面，就让作为女子的我也心里着实喜欢得紧。

我还见到了你眼里从未有过的炽热。一时间所有的问题都有了解释，难免心酸。

回家的路上，你问我，对聚会里同去的那个穿海军裙装，却是裹过小脚的小姐印象如何。我便心里有了数，你是在暗示我：小脚和西装，本是不搭调的。你就要离开我了。

可是我又怎能不告诉你，我又有了身孕。

夜里辗转了很久，躺在床上望着阴暗的天花板，不知如何打算。你半夜起身喝水，看到仍然睁着双眼的我，觉得奇怪。传统的道德让我开了口：

"志摩，我，有孩子了。"

"打掉吧。"

"可是，听说有很多女人因为打胎而死掉的。"

"还有很多人因为坐火车而死掉，难道人们就不再坐火车了吗？"

说完这句你就下床去倒水了。望着你走向厨房的背影，突然觉得你走得很慢很慢，像人在大水中趟过去，从我的爱情中永永远远地趟了过去。我甚至不清楚自己有没有被爱过，但是眼泪，还是缓缓地打湿了面颊。

坐在床上，低下头，用手轻轻抚着尚未突起的小腹。再抬起头来时，心中已然做好了决定。你的确不适合当一个父亲，但是我，是可以做一个好的母亲的。

再见了，我的夫君。我一生中惟一有过的人。

最后这样叫你。

⑤

离婚的消息激怒了国内的徐家父母。扬言说：徐家可以没有志摩这个儿子，绝不会失去幼仪这个女儿。

几年的操持和旧式道德，让我对徐家还是产生了责任感，我的阿欢也还是徐家的骨肉。可这个时候，你却逃开了。离开了这个城市。若是换了其他男人，狠狠地与已有身孕的妻子离婚并一走了之，我必会唾弃他。可是这个人是你，志摩，我只有摇摇头，沮丧地叹了口气。就像阿欢才学步时，我看着他在我千般万般保护下还是跌倒在了地上时发出的沮丧的声音。你也只是个孩子，志摩。你只愿随着自己的性子过，可我不可以。

我知道我丧失的其实从未得到过。

你挑起喜帕的那一刻我就知道。

幸亏有二哥的照顾，才来到了柏林。这里的人们说着我听不懂的语言，音调严肃低沉。他们冷静却不冷酷，在我最困难的时候帮助了我。

十二月。教会医院。

羊水破了已经很久了。我感觉我的生命在一点点地流失，再也没有多余的力气可以使出来了。志摩，我大概要死了吧？护士小姐抓着我的手叫我

再坚持，我扭过头去依稀看到了医院的窗户外面飘起来一小朵一小朵洁白的雪花，仿佛听到了教堂的悠远的钟声。突然心里一片洁净，灵台空灵，咬着嘴唇最后用出一点力气。在我昏厥前的最后一刹那，我听到了我第二个孩子的啼哭声。

匆匆赶到柏林的你，原来不是为了刚出生的孩子，而是为了离婚上的一些手续。而我已经可以平静地对待你，当我在文书上签下字的时候，就已经告诉你，幼仪已经不是当初的幼仪了。

从此往后。

I live my life alone.

有人说此后我开始了新生。

也许看上来是这样，一个地主家的裹小脚女子竟然读了国外的大学，还回国做公司，主政银行，可以算得奇迹。而我，却并不稀罕做一个所谓的新女性、女强人。只是因为没有别的路可以走，没有别的选择。如果有家可归有丈夫呵护，我原本可以永远做个旧式的贤妻良母，平庸温暖地度过一生，去世时儿孙满堂。但是没有。我一个人读书、写字、旅行、工作、自己与自己对话谈心。

志摩，我想我不仅仅是失去了你。还有我对整个生活的热情，只留有孤单。只是无奈的站成了一个坚强大度的姿势给大家看，给孩子们看，给，你看。

如果一个女子只有责任和义务，那么她的生活也会很忙碌但很麻木。有时也会怀念独自在裴斯塔洛齐学院专攻幼儿教育的日子，很安静也很单纯地在美丽的校园里读书，第一次接触知识，而且没有任何纷扰。在同学和老师的眼中，我不过是一个神情忧郁安定的孤独东方女子。可是回来以后，一切就又与你有了联系，这对我来说，乍愁还喜。我抚养我们的儿子长大，我策划了你的诗集出版，我仍然以寄女的身份出入徐家帮你父母理事。我尽量平静地做着这些事情，只是当家里的佣人将我的称呼从"少夫人"改为"大小姐"时，心里到底难免一丝揪心之疼。

　　志摩，你将我置于如此尴尬的位置，你是否会自觉残忍？

　　这些年来，我陆续地从周围人口中听一个又一个你的情感故事，心里便像涟漪一般浅浅地荡漾开来，你总是文艺圈里不愿寂寞的孩子，为聚集众人目光而真心欢喜。也许你就是那样天生的多情种子，在每一段感情的开始都是真心爱着，在每一段感情的结束也都是真心不爱了的。志摩，你是从头至尾并未爱过我，我很清楚也很遗憾。

　　你的父母仍然关爱于我，经常试探着提起复合，都被我微笑但坚定地回绝过去。直到，直到我不能再回绝。

　　"云中鹤"真的死在了天上。

　　你就这样走了。

　　我还未来的及让自己真正和心里的你做一个了断。

　　我们的孩子还未长大成人。

　　你还没有给我几句应该给我的话。

X 反光

你就这样将我的一生变得更加冰凉。

　　我的下半生似乎是一晃而过的，五十年的光阴从我满是皱纹衰老僵硬的手掌中如细沙般的匆匆流逝走了。

　　总是有后来的人来打探我们当年的生活，总是问我，到底爱不爱你。我沉默了整整半个世纪。无语。

　　如今，我也是要离开这个世界的人了。我站在自己走过的路的尽头忍不住向后回望，自己问自己这个问题。志摩，我在我最好的时候遇见了你。你却轻而易举地击碎了我关于爱情关于温暖关于幸福的所有定义。志摩，你是快乐的，你可以选择爱我或者不爱我，可我却只能选择爱你，或者，更爱你。

　　是的，我是一直爱着你的，隐忍地无望地爱着你。在我一生中不断变化着的各种头衔之中，"徐志摩的原配"最让我喜悦和心酸。我想人一生的感情就如同一只杯子里的水，每用一点就会少一点。你是一路走过一路洒水，而我，却是慌张真挚地将杯子里的水通通泼到了你的身上。然后从此丧失了爱一个人的能力。而如今，我只能回忆那些水在你身上缓缓干涸留下的痛苦的印记。

　　志摩，当某一天，你所有的浪漫都磨成了理智时，你会不会意识到，在你一生中路过的许多形形色色的女子中，幼仪才是最爱你的一个。

　　时光重来，人已不再。

Y 某一段时间内，我不厌其烦地跟我的朋友们提起

叶子的叶子，可是他们之间没有一个知道我指的是那个男人。 叶子的叶子

我慌张地踩着凳子去摸那些瓦片，去看看那上面刻着的模糊字迹。

当那些字迹逐渐清晰地展现在我鼻子尖前时，我的心也渐渐地膨胀起来。

我发现那些我快要忘记的东西全部都要回来了，它们告诉我说：长、乐、未、央。

但愿，长乐未央。

不知道是什么时候，我回家的路上新开了家卖衣服的小店，店名叫做叶子。不像其他的服装店总是要起些惊艳的名字，它只有一块木板斜斜地用麻绳绑在外墙上，裹了透明胶的银杏叶子在上面懒散地排列成"叶、子"两个字。甚至木板也不是块优秀的木板，上面有一些触目惊心的虫眼，散发出股股腐朽的气息。

每天我都可以从叶子的门口经过，甚至熟悉了每一片银杏的经络，我一遍又一遍地幻想叶子里面到底是怎样的布局怎样的装修，可是我从来都没有踏进去过，我不知道我为什么从来没有走进去，也许原因仅仅是：不为什么。

不过大多数从叶子门口经过的人们都没有我这样在心底里纠缠挣扎的情绪，他们也不会像我一样因为生活中陡的多出了一家叫做"叶子"的店而变得紧张和惴惴不安起来，也许这种态度本来就是不可以分享的。我感到

我的心因为"叶子"而快速地膨胀着，跟一头肥猪似的。

所以当我看"叶子"的门帘上多了几块吊着的瓦片时，我实在忍不住就几步窜了进去。然后我看到了叶子，坐在口袋沙发上面看《读书》的叶子，他缓缓地站起来，站成了一棵树的样子。

我看到了一棵戴黑框眼镜穿格子衬衣牙齿很白发型很乱的树。

"瓦片。"我张皇失措，想要解释又觉得可笑，只好指了指那几块破旧的瓦片。

"是仿造未央宫的，觉得上面的字很可爱就带回来挂在这里。"

我觉得他的声音像树叶被风沙沙翻过，婆娑。

"你，你是谁？你是老板的……？"一般服装店都是由有着三寸不烂之舌且而立之后的妇女们亮丽地经营着，所以我怀疑这个人大概是老板的……弟弟？儿子？还是……

"叶子。我就是老板。"

"啊，原来你就是老板。我知道这是叶子，我是问你叫什么名字呢？"

"叶子。"

"我早就知道这是叶子了，我是……"我突然捂住嘴巴，醒悟了过来。天啊，我是笨蛋。

"我姓叶，熟一点的朋友都是叫我叶子，所以这家店铺就是以我的名字命名的啊，因为懒嘛，就和那些电影一样，剧中人有两个，一个叫邦妮一个叫克莱德，那么这个电影的名字索性就叫邦妮和克莱德。"叶子，对，是叶子。叶子指了指贴在墙上的那张巨大的"邦妮和克莱德"的电影海报，笑着看看我。我顺着他的树枝，不，是手指，看到海报上邦妮那张骁勇无比美丽绝伦又强悍又大无畏的脸。好歹也有六、七年的电影发烧史，我可以大概从一个人看的电影来判断出这个人到底是怎样的一个人。我看到墙上还贴着的是《低俗小说》《肖申克的救赎》，等等，怎么会有这么大的海报？

"那是因为太喜欢，所以……所以有一天夜里跑到电影院门口从展览板上偷回来的，呵呵。"

于是放下捂着嘴巴的手，望着他长长的眼睛笑了起来。我想我和叶子能成为好朋友。

"那么，随便看一看吧，看看有没有喜欢的东西。"叶子又重新窝回到那个软绵绵的大大的维尼熊口袋沙发里看书去了。

难得进了服装店而没有老板一步不离地跟着推销，真是快乐。有没有喜欢的东西？喜欢，全部都喜欢。叶子的沙发旁边是一座圆圆的厚实的小木桌，上面摆着两个鱼缸，其中一个里面有水，有一只蓝色的公主鱼在里面摇曳，另外一只没有水，里面放了十几二十只波西米亚和藏族风格的大大小小的戒指，安静地挤在一起等待手指。墙壁都是用报纸简单地拼贴了一下，上面斜着铺着颜色艳丽的电影海报，很多都是不常见的原版。然后屋子四角悬吊着四个小天使烛台，神态各异，但大体上都还是顽皮娇憨的。一排藤子编的衣架子上摆放着许许多多裙子，不同面料不同形式的，错落着，斑驳着，一地光影。架子旁边是个插着两只音箱的CD机，缓缓的流淌出那个我熟悉到死的声音，一遍又一遍，"LET IT BE, LET IT BE, LET IT BE, LET IT BE……"

这样的环境简直和我在店外一次次经过时的猜测完全一致，那些无指望的想象们像鱼儿一般终于游到了美丽的彼岸。我的心喜悦得隐隐有些疼痛，像被针扎了一下，原来的那个肥猪就舒适地往外慢慢地均匀地漏着

气，恢复到了常规的模样。

　　等过去了很久以后我才发现时间已经过去了很久。而且自己根本也不需要买什么裙子。只好仓皇地和叶子说拜拜，离开了"叶子"。

　　打那以后我就总是惦记着该怎么样再去叶子，好，那么就去买条裙子吧。我记得它们当中有很多都十分美丽而且样式别致并不多见，估计不是品牌生产的。这年头越是手工越是昂贵。我开始存零花钱，就和我五岁时存很久很久硬币去买棉花糖时的心情一样，耐心地甚至小心翼翼地等待着口袋充足起来。然后双手捧着那些硬币开心地冲着摇着棉花机的老爷爷跑过去，跑过去，去交换那样轻盈的动人的甜蜜。不过现在我只不过想为自己积攒起一个再进叶子的理由来而已。不过，每个女孩子都是需要裙子的。

　　"叶子，我想买一条裙子。"我终于理直气壮地推开了叶子的门，门上的瓦片发出古拙的响声。

　　"正好这里卖的都是裙子呢，呵呵，"叶子捧着一个牛奶杯愉快地坐在沙发上欢迎我，"其实不买东西也可以过来玩啊。"

　　这一次我才是认认真真地打量起叶子店里的裙子。真是漂亮。每一件上都会有不同的叶子图案，有的是一小片一小片缀在袖口的，有的是一枝树叶从中间向一边发散出去，有的是从上往下的晕染开来，有的很大，有的很小，有的很逼真，有的很写意，有的很深，有的很浅，有银杏的，枫叶的，柳树的，荷叶的，很多很多，拿起一条裙子来就像抖落出一卷山水画。我满心欢喜。

　　"你做的吗？全是你一个人做的吗？"

　　"嗯。就是学这个的，做几件裙子还是不成问题的嘛，但要不是为了攒

225

去青藏高原的旅费也不至于会这样勤快。"叶子笑笑地站到我旁边，和我一起拨弄着架子上的裙子们。"你穿这个。"叶子从中间抽出了一条连衣裙放到我手里把我推进试衣间，其实也就是一块布围成的圆圈而已。

　　我换好它，站在镜子面前看。它是浅浅的青草绿，越往上越浅地渐变，V字领口、袖口和裙边都滚了荷叶边，穿了深一点绿色的丝带打成蝴蝶结，然后一片片不知道名字的叶子就从裙边纠缠着绵延地铺开，让我闻到了夏天里青草的味道。原来美丽的裙子有这样大的意义，我认得镜子里那个目光置疑迷惑的女孩是我自己。我觉得我需要这条裙子，可是，我不晓得它的价钱。我慌张地把它褪了下来翻看领口处，却没有发现标价。对呵，这是叶子自己制作的，怎么可能有价牌呢。于是捧着柔软的裙子往帘子外面走，一面编织一个理由放弃它，她肯定会超出我现在口袋里所拥有的钱，可是，要编什么理由呢，它太好了，叶子太好了，"叶子"也太好了，我该怎么样才对呢……

　　"怎么不穿着出来？不合适么？"叶子看我慌张的样子蹙起了眉头。

　　"合适的……可是，它多少钱？"我还没来得及编好理由，只好把实话托出，不由得吐了吐舌头，十分寒酸和不好意思。

　　叶子报出了一个让我很吃惊的价钱。低得我吃惊。我觉得如果这条裙子听到了的话会不会很难过，从而妄自菲薄。

　　他笑着推了推愣住的我，"傻，其实这个价钱我都已经有得赚了只是不像名牌服饰那样暴利，买下吧，穿这个和喜欢的人到河边散散步。男人到底还是喜欢看女子穿裙子。"

　　我又是慌忙地递过钱去。说实话，叶子的话吸引了我。如果穿着它，和喜欢的人到河边散步，最好把束起的长发放下来，把手腕上的SWATCH拿下来换成细细的银纹镯子，喷一点点的茉莉香或者桂花香，只一点点在发稍，在耳垂，在手心。不要精致妆容。但是含笑。最好是早晨，有清新的风阵阵吹来，吹得裙子波浪般地翻滚，长发飘摇，佩环叮当，这样美丽的时候身边正好有最爱我的那个人。这样的场景，没有女子不艳羡的。

　　买，当然要买。这种买家卖家皆大欢喜的生意多好。

　　后来我心情很好的时候或者很不好的时候就会经常出没在"叶子"里，淘一些喜欢的东西回家，一只耳钉，一张打口碟，一双毛线袜子什么的。

因为成了朋友，价钱也就半卖半送的，当然我也不吃白食，偶尔也帮忙制作海报。可即使是在圣诞节或者情人节等等做了宣传，叶子的生意总是没有怎样红火起来，不过我看他也无所谓。倒不是说这是他朋友还未到期却不想租了就让给他的不需要付钱的门面，只是好像他做人就是这样。

叶子说："反正不会所有人都喜欢你，索性做自己喜欢的事情，让喜欢的人喜欢，不喜欢的人走开，大家都有个选择的余地。"

这倒也是。

就如同我不知道什么时候，回家的路上多了一家叫"叶子"的店一样。在我不知道的某一个什么时候，"叶子"就关门了。我趴在门上费劲地往里面张望，人去店空。只有地上还有几行粉笔的字：

"Hi，我的钱存够了，终于可以去看看青藏高原上的云朵和太阳了。我知道大概只有你会趴在门上往里面看，所以只有你会看到这行字咯，呵呵，所以要奖励你，送你的小礼物是—— 门上的瓦片可以拿走！送给你，因为你喜欢，我也喜欢。

叶子"

这也都是三四年以前的事情了。我不记得我是什么时候开始喜欢回忆过去，我也不记得我是什么时候开始回忆的并不是过去而是我脑子里的那些莫名其妙的寻找。以至于现在，我都不敢向你确定"叶子"的叶子是真实地存在于我地生命里过，还是我对于从未出现的某一次寻找。

Y 叶子的叶子

　　幸亏，幸亏还有那些瓦片，现在被线栓着高高地挂在我面前的窗沿上，它们再次在风中发出那些古拙的响声。瓦片提醒着我，原来"叶子"存在过，叶子也存在过，他们送给了我一条美丽的要滴出绿色来的裙子和一些重要的东西然后就再也消失不见。而现在，我竟连那些重要的东西都要忘记了。

　　我慌张地踩着凳子去摸那些瓦片，去看看那上面刻着的模糊字迹。当那些字迹逐渐清晰地展现在我鼻子尖前时，我的心也渐渐地膨胀起来，我发现那些我快要忘记的东西全部都要回来了，它们告诉我说：长、乐、未、央。

　　但愿，长乐未央。

纸飞机

我站在房间的中央，

眼光经过了因为曾经贴满海报而变得斑驳的墙壁，

望着我的窗外那一小片天空，

已经不再有纸飞机飞过。

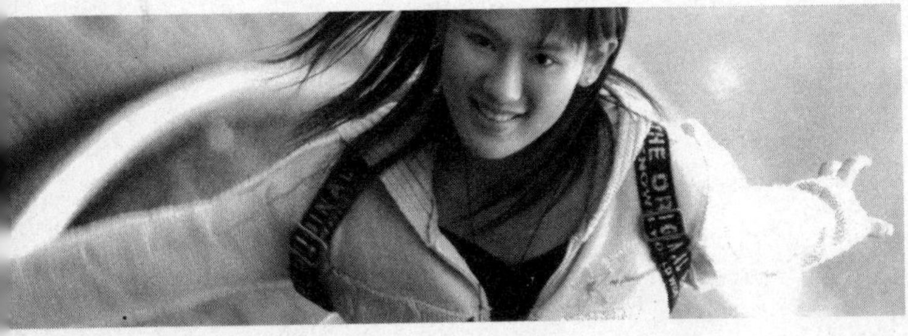

Z

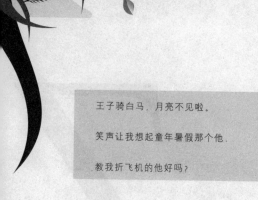

王子骑白马，月亮不见啦。

笑声让我想起童年暑假那个他，

教我折飞机的他好吗？

今天我要从我住了十八年的房子搬到新盖好的公寓去了。当我的曾经杂乱温暖的房间只剩下几个装满东西的纸箱子时，我几乎快要哭了。老实说，我长这么大还从来没有搬过家。从来没有变过的东西还有我的电话号码，我QQ上的昵称，我信箱的密码等等等等。所有的人都诧异我这样固执地对抗着所遇到的各种变迁，在生活的步道上赖着不走。

我站在房间的中央，眼光经过了因为曾经贴满海报而变得斑驳的墙壁，望着我的窗外那一小片天空，已经不再有纸飞机飞过。

"王子骑白马，

月亮不见啦。

笑声让我想起童年暑假那个他，

教我折飞机的他好吗？"

　　从学校到家的路线已经被我走过了一大半，可是他还在跟着。我偷偷地望后看，我认得他，他是今天早晨被班主任带进教室里的新同学，眼睛像鸽子一样的那个男孩，安静地坐在我们这一大组的最后一排。可是，他为什么要跟着我？我穿过了有老爷爷老奶奶乘凉的小花园，又穿过了种满银杏树的小道，加快脚步往第二个门洞里跑。天啊，他还是跟在后面？这怎么回事？吓得我一边哭一边拍自己家的门："爸爸快出来救我呀，我被人跟踪了，快开门啊！呜呜呜……"

　　熬了一天夜现在还在睡觉的爸爸听到我的声音立刻冲出门外，把我拉到身后："怎么回事怎么回事？宝贝别哭啊！"

　　我见到了爸爸，觉得心里终于安定了下来，撇了撇嘴，更夸张地哭开了，一手抹着眼泪，一手指着正往楼洞里一步步走的他，可伤心的说："就是他，就是他嘛。"

　　爸爸顺着我的手指的方向看到了那个穿着蓝色短袖T恤，头发乱乱的，鸽子般眼睛的小男孩，正直视着他。于是就问："你干嘛跟踪我家女儿？"

　　"我没有。"

　　"胡说！我不喜欢不诚实的孩子，快告诉叔叔是怎么一回事？"我那个急性子的爸爸一把拉住他的胳膊，想要仔细问个清楚。

　　可是僵持了很久，他依然一句话也不说。倔强地抿着嘴角，抬起头看着面前这个看上去很凶的大人。

　　那实在是过了很久，我也哭好了，抹干了眼泪，怯生生地拽爸爸的衣角："爸爸，回去吧。"

　　就在这个时候从楼上下来了一个浓妆艳抹如大波斯菊一般盛开的中年女

人，几乎尖叫着开口："程予飞，你又闯什么祸了？给我回家！"接着满脸堆着笑，以至于笑堆得太多了把脸上的粉给挤下来了，对我爸说："先生，对不起，给你添麻烦了。"

爸爸也愣了，原来是新搬来的楼上邻居啊。只顾着在那里一边挠头一边不好意思地打着哈哈。

我看他揉了揉被我爸握住的胳膊，从女人旁边穿过，一言不发地上楼去了。我脱口而出："哎！"

他站在楼梯上回头向下看。

我低着头搓着裙摆用自己都快听不见的声音道歉："对不起嘛。"

后来我和程予飞每每回忆到第一次对话的这个事件，都是彼此莞尔。

程予飞在他搬来之后和搬走之前都是住在我楼上的邻居。这好像是句屁话。可是程予飞在他九岁的时候告诉我大人们说的基本上都是废话，等我们长大了也会不停地说屁话。我问为什么？他还是那副"休想让我服气"的表情，把手插在口袋里跳到窗户上坐着："心里有屎，讲出来的就是屁话。"

我们在小学三年级二班上是一句话也不说的完全无关的普通同班同学，我是活泼伶俐的文艺委员，他是怪异沉默的倒数差生。可是谁也不知道放学了以后，他只要在家里跺跺脚，就可以有灰尘落到我的钢琴键上，是楼上楼下的邻居。我们就这样在这两种关系中穿插着一起长大。有的时候我在众人围绕的笑声中心往外看去，看到程予飞靠在窗户边也朝我们这边看过来，眼神很粘稠。但当我们眼光相遇的时候，他就会下意识地撇开脑

袋。这样的默契让我觉得很心酸，可到底，我还是没能把我们是邻居的事实向其他同学说出口。九岁的我，还是害怕，让自己洁白的公主裙上沾上尘埃灰土。

每天上学，我们总是仿佛事先约好了一般的一前一后错开去上学，我趴在门上听他从楼上下来的脚步声，等渐渐远了以后再出门去。某一次，我从猫眼里看到程予飞经过我家的门口时会带走门前放着的垃圾袋。会觉得有小小的感动。我想和这个沉默怪异的男孩说说话，却找不到合适的机会。直到那一天。

周六的下午，我趴在桌子上练字，当我揉着酸酸的脖子抬起头时，我突然看到窗外湛蓝的天空上有许多的纸飞机飞过，它们向鸟儿一样，那么一大群，那么华丽自由的姿态，一下子就印进我的心里，在里面冲撞着。我几乎是立刻冲出了家门往天台上跑，等我气喘吁吁地用力推开通往天台的铁门时，我看到了程予飞微笑着坐在一堆纸飞机中间，把它们一个一个地掷向天空。

他，笑了。

程予飞发现了愣在原地的我。

然后我听到他对我说的第一个句子："过来吧，我教你叠。"

我欣喜地跑过去坐在他旁边跟他学，可是直到太阳要下山了我都没能叠出一个像程予飞叠得那么漂亮能飞那么远的飞机。但是依然很开心，看到天空被我手中的纸飞机划出一道悠扬的线条来，看到程予飞终于表示友好的微笑。

从那以后，我们开始秘密交流。平时的晚上，程予飞会从楼上用滑轮吊下来一个小竹篮子缓缓地停在我房间的窗台上，里面有的时候是他画的老师Q版造型，有的时候是一个苹果，然后我把篮子里的东西取出来以后再放上写着明天要交的作业的小纸条，叠的几颗幸运星什么的，他再把篮子拉上去。这样的小秘密点缀在我们的小学生活里，显得异常的珍贵和有趣。到了周末的时候就经常一起跑到天台上聊天。现在想起来，其实程予飞是比我聪明很多倍的人，看过很多的书，懂得很多的知识，而且在那个年纪就有着不可思议的独立思维和见解。所以大多数时候，都是他一跃跳到台子上坐着，我坐在台子下面的地上托着腮听他从狗的自闭症讲到天空东北角的某颗星星。直到他妈尖着嗓子咒骂"你个野种死哪去了"的声音在楼梯间里凄厉地回荡。他才若无其事地跳下来，下楼回家去了。

有一天我实在忍不住问："你妈怎么总是对你这么凶？"

"哼，我妈？就她也配？"他翻给了我一个白眼。

后来程予飞告诉我，他的妈妈是飞机上的工程师，所有他的名字里有一个"飞"字，他的妈妈很温柔也很爱流泪，因为他的爸爸又爱上了别的女人。最终他被他爸爸带到别的城市，和那个凶狠的波斯菊女人一起生活了。

他折纸飞机的技术是跟妈妈学的。"妈妈折的飞机比我的还要棒呢。""你这么笨，只有我妈妈才能教得好你啦！"程予飞每次提到妈妈的时候总会看着很远的天空，然后轻轻地微笑，眼里的神情看不出是忧伤还是温暖，但是肯定有枝繁叶茂的思念。"我的理想就和妈妈一样，造出能飞的最高最远的飞机！"

每到这个时候，我就会想起我很小的时候，妈妈带我去公园玩，有来要钱的小乞丐，我看着他可怜的样子就哭着不肯走，我说妈妈、妈妈他好可怜啊，他没有妈妈。妈妈就会逗我说，既然你这么可怜他那就把你的妈妈

让给他做妈妈好不好？我为难地愣在原地，结果哭得更大声了。我又想起了《彼得潘》里那个大坏蛋头头央求照顾永无岛上所有孩子的小姑娘温迪给自己当妈妈。我还想起了"世上只有妈妈好"，想起了"宁跟讨饭的娘，不跟当官的爹"，等等等等。

妈妈。

当我知道了这些以后，我突然就觉得程予飞一切的怪异或者沉默都可以得到解释。对于一个小孩子来说，有什么是比从妈妈身边离开更可怕的事情呢？我们不怕天黑打雷怪兽魔鬼，我们只要有妈妈。

在我考初中前的某个夜晚。我最后一次收到了那个小竹篮，里面躺着一个很漂亮英挺的纸飞机。我正抚摩着它的翅膀爱不释手的时候，听见程予飞叫我："喂！"

我连忙抬头看，结果他们家漆黑一片。

"喂，我在下面呐！"

我看到夜色中有个小小的白色身影向我招手。是他，还背着一个大大的旅行包。"你，你要到哪去吗？"

程予飞笑着，我从来没见他笑得那么开心过："我要走啦，去找我妈妈。"

"那，你还会回来吗？"我真是替他高兴，但一想到可能再也见不到了又是难过起来，不知道说什么还好，整个身体趴在窗台上使劲地望着他。

"会的，当然会。到时候，我叫我妈妈来教你叠纸飞机啊！"他还是笑着，很有把握地说。

"真的？"我的心仿佛就因为他的一句话而呼的从天空中悠悠地降落到了地面。

　　"当然！我从来不骗你。"

　　"那么，拉勾勾！"我伸出右手的小姆指拼命地往下够。

　　"好，拉勾勾！"程予飞也把手臂伸得笔直。

　　一个始终没有拉上的勾勾定格在那天漆黑的夜里。

　　是我们说好不忘的约定。

　　可是一年过去了，两年过去了。我念完了初中，现在高中也毕业了，程予飞还是没有来找过我。在这期间，我跟父母吵了很多次架，坚决不要搬家。他们谁也不知道我在固执什么。他们也不会知道一个在黑夜里还没有拉上的勾勾。他们大人，其实不知道的事情有很多，我不得不承认，程予飞九岁的时候说的话是正确的。我再也没有遇到能和我交流的同年龄的邻居朋友。

　　"收拾好了没有啊？好了就走吧。"妈妈推开门来招呼我。

　　"我去一下天台，马上就下来。"

　　我拿着一张白纸往天台上走，一路走一路在心里骂他，臭程予飞，坏程予飞，说话不算话，还说要带妈妈回来教我折纸飞机呢，害我等了那么多年，害我现在不得不搬走的时候还会想万一你明天就回来了怎么办。气死我了，你这个大坏蛋。即使你回来，我也不要理你了。

Z 纸飞机

　　我来到天台上，学着程予飞的姿势跳着坐在他固定的那个位置上，认认真真地折起纸来。虽然现在我十分痛恨他，但是我也只能承认，我还是折得没有他的好看。

　　可是不管怎么样，这也是我的飞机呀。我把飞机头送到嘴边呵了一口气，对着浮云聚散的天空比划了一下，一边喊着，程予飞你这个骗子，一边用力地把纸飞机掷了出去。

　　当我看到纸飞机在湛蓝的天空中划过了那一道弧线的时候，我就知道我已经原谅了程予飞。即使时光倒转，回到原地，我也会和当初一样的相信他的话和当初一样的愿意等待着他回来。

　　好吧，程予飞，如果你现在和妈妈在一起生活得很快乐，那我就原谅你。

第一

（写在最后的一点话）

27个字母

当我的编辑姐姐找到我的时候，我正在吃一只火鸡。等她说完来意之后，我十分忧郁地告诉她我是没有参加过那场已经办了很多届的标志性作文比赛，我也不是在青少年文学那一拨里混迹的颇有声望的孩子，你们要不要重新考虑一下。

我说的可都是实话呀。

可是她说，不，你很特别。

我说，不，我很平凡。

所以我就是一个特别平凡的女孩。

的确，我是一个掉到人堆里找不到的女生，为学业及人间的各色烟火忙忙碌碌。日出而作，日落而息。或许，能分辨出来的只是在眉梢的些许希望，眼眸里的某些梦想，甚至嘴角的一丝狡黠。我绝不标榜叛逆伤感，也不自称小资高雅，我有的那些优点一般十八岁的女生都会有，我有的那些缺点也是很非典。就是非常非常的典型。

在接到这通电话之前我从没有让写字从我的其他爱好中脱颖而出过，因为我认为这样对街舞、钢琴、逛街、电影什么的那些其他爱好不公平。所以我亲爱的老爹总是说我"永远在无心中，插多了狗尾巴草居然也插了棵柳"。

管他的，我愿意，我写着高兴，就答应了下来。

我是在大学军训被晒成非洲鸡之后开始写这些字母的。我告诉我的好朋友们说我要写26个字母，每个字母说一个在我生活中留下重要记忆的男人的故事。结果他们给我的答案都是：你找死。虽然原因各不相同。有的说这又不是长篇，在这么短的时间限制之内完稿，那岂不是每一两天就要写出一个有情节有人物的故事么，太累人了你简直找死。有的说这什么题目内容啊，多容易引人遐想啊，估计写了多少年书的老女人都不敢碰，你一小姑娘的简直找死。我只能撇撇嘴。

管他的，我愿意，我写着高兴，找死就找死。

寝室里带上我一个住九个人，每天十点半就熄灯。我只有背着笔记本在外面租了个房子。这样说真的很准确，我就只租到了一个房子，外加里面的一张床一张桌子两把椅子之类反正能用手指头数得清的东西。所以大多数时候我只是坐在椅子上和笔记本上空白的WORD面面相觑。我手边没有书，没有电影，没有音乐，也没有网络，也没有朋友，也没有暖气，有的只有我一个人，这在最开始的时候简直让我烦躁得要抓墙了。后来我想到了在撒哈拉沙漠里画石头的那个长头发女人，就学着她在椅子上盘腿而坐，凝神屏息地望着那些字母，等待它们开口说话，等待它们愿意告诉我，它们想说的是哪一段故事。

某一天，它们就真的说话了。然后带领着我完成了它们自身的制造。我觉得我就像一个快乐的手工艺者，它们都是我亲爱的各不相同的字母小人。

我一天天看着它们逐渐多了起来热闹了起来，心里就觉得很舒服。它们是我站在十八岁的路口二十六次向身后岁月的回眸，是二十六场放给自己看的电影。从A开始，到Z结束。记录了我的所有。

然后就觉得那些冰冷的，生着病的，停着电的，有一顿没一顿的，看着陌生的天空一点点变白的日子都不算什么了。

可是即使完成了以后，我也总是不愿意交稿子。

我心里很清楚地知道当我把他们全部都传给出版社之后，我就再也不能坐在床上，把笔记本放在盖在膝盖上的红色羊毛毯子上，打开床头灯，随心所欲地打开文件夹，随心所欲地点开它们其中的一个，随心所欲地添一些话或者删掉几个词了。就再也不能愉快地听它们说话了。

当我发现我即将不再能对它们随心所欲的时候，我就明白了它们也就即将不再是我的字母们了。我觉得，这本书对我而言只有这些文字安静地存在于我的电脑上的时候它才是我的，一旦交出去了，它就变了模样。变成了对我没有任何深刻意义的东西。我没有想到我为这一想法竟会如此的伤心。

不可不谓之成长。

可是再怎么拖，我还是在平安夜的晚上，背着笔记本到学校惟一可以上传的计算机房把它们全都传走了。等我全部发送完了以后，默默地按原路往回走，我仿佛觉得自己包里的笔记本好像轻了一点了。我安慰自己说也许是圣诞老公公来把我的字母小人们全都接走了。接到某一个它们可以自由的大家一起唱歌跳舞的地方。

　　我不知道它们加在一起算不算得上一本还不错的书。

　　其实我总觉得文字的好与坏能决定的只是是否能明白地表达你心里面的话，我想更重要的是，你心里面的话是什么。小猪麦兜说，一只火鸡的最精华时刻就在于咬下去第一口的刹那，然后剩下的就只有吃下去和吃完的区别了。那么我只希望这本书是一只可以让你吃完的火鸡。

　　不过如果你能看到这里，就说明你已经吃完了它呀。

　　嘻嘻。

THE END

《作家》："青春绽放中最初的震颤足以穿越喧嚣的世俗屏障，一切都在纯净而微妙的状态中呈现。"

《花城》："她在书写的过程中必然的收获，让她有一种同龄人罕有的善解人意，文字散发着阳光与青草的味道，温暖又明媚，一如长着翅膀的小天使。"

《芙蓉》："诚实与机智不是她的全部，穿过青春的欢乐与忧伤，她用魔法留下了时光在沙漏里的声音。"

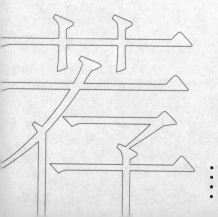

图书在版编目（CIP）数据

时光转角处的二十六瞥／潘萌著.-长沙：湖南文艺
出版社，2005.4
ISBN 7-5404-3495-3

Ⅰ.时… Ⅱ.潘… Ⅲ.故事-作品集-中国-当代
Ⅳ.I247.8
中国版本图书馆CIP数据核字（2005）第033266号

时光转角处的二十六瞥

作　者_潘　萌
责任编辑_谢不周　唐　敏
书籍设计_小虫子＋屁屁熊＋左右＋ArtVi＋粉红

湖南文艺出版社出版、发行
（长沙市东二环一段508号　邮编：410014）
发行部电话：0731-5983020
邮购部电话：0731-5983015
湖南省新华书店经销
长沙化勘印刷有限公司印刷

2005年6月第1版第1次印刷
开　本_ 787×1092毫米　　1／20
印　张_ 12.4
字　数_ 160,000
印　数_ 1—10,000册
书　号_ ISBN 7-5404-3495-3／Ⅰ·2168
定　价_ 20.00元

若有质量问题，请直接与本社出版科联系

HIGH BOOK！一封回函　三重快乐

快乐：）一

青春图文馆与读者面对面活动——"青春现场·十城缘"（北京、上海等十个城市）春天启程，请注意你所在城市的图书大厦、媒体的消息，会有你喜欢的青春写手与你面对面交流哦！

快乐：）二

如果你和你的朋友购买了五本以上"青春图文馆"的书，请集齐5个青春图文馆Logo连同读者回函寄给我们，你将获赠你最想要的一本"青春图文馆"图书（含即出新书）或湖南文艺出版社出版的其它定价在二十元以下的文学图书。

快乐：）三

2005年底，我们将在你们的回函中抽取获奖者，三重惊喜等着你，奖书+优惠购书卡+奖阳朔西街青春Party！

1．在回函中随机抽取10名一等奖，将获赠500元我社图书；

2．在回函中随机抽取100名二等奖，将获赠100元我社图书；

3．在回函中随机抽取200名三等奖，将获赠一年期8折购书卡一张；

4．一个人集齐10个青春图文馆Logo，你将有机会被邀参加青春图文馆2006年新年青春Party，与我们的签约作者彭扬、张佳玮、苏德及其他超炫写手欢乐面对面！

：：购买以下图书享受三重快乐：：：：：：：：：：：：：：：：：：

⊙**80度空间**

《时光转角处的26瞥》

《你必须美好》

《2003—2004青春文学双年选》

《盛开》（A、B卷）

《疼痛青春》（2册）

⊙**新干线**

《加州女郎》

《离》

《边走边唱》

《我们都是害虫》

《漂移的恋爱》

⊙**茧系列**

《网瘾不是孩子的错 一陶宏开教授挽救上网成瘾少年全国行(附碟)》

《e仔部落：火把2004》（2册）

《天黑了，我们去哪》

⊙**悦读力量**

《开满玫瑰的天空》

《成长读本炫彩系》（七册）

读者回函

姓名 _____

性别 男□   女□

出生 _____年____月____日

E-mail _____@_____

邮编 □□□□□□

地址 _____

_____

→你购买的书的书名?

_____

→你如何发现这本书的?

□ 书店闲逛时   □ 报纸推荐

□ 网络推荐   □ 朋友介绍

□ 其他方式_____

→你是怎么爱上这一本书的?

□ 觉得便宜   □ 被内容感动

□ 喜欢作者   □ 喜欢赠品

□ 喜欢出版社   □ 其他理由_____

→你最希望我们出版哪个青春写手的书?

_____

→你最想得到我们的另一本书是?

_____

→我社的青春签约作者你最喜欢谁?

_____

→你对青春图文馆有什么建议?

_____

_____

_____

_____

青春图文馆 表达无极限>

我们的联系方式→ ▨▨▨▨▨▨▨▨▨▨▨▨▨▨▨▨▨▨▨▨

地址=湖南省长沙市东二环一段508号

邮编=410014

湖南文艺出版社 市场营销科

E—mail=qctwg@163.com

咨询电话=0731-5983020

邮购电话=0731-5983015

湖南文艺出版社 青春图文馆 感谢您▨▨▨▨▨▨▨▨▨▨